LES VÉRITÉS NOYÉES

Eddy Ferhat

LES VÉRITÉS NOYÉES

Impression : BoD – Books on Demand,
In de Tarpen 42, Norderstedt (Allemagne)

Impression à la demande
ISBN : 978-2-3224-0856-6
Dépôt légal : avril 2023

"Comment la nuit peut-elle tomber d'un coup sur

l'océan sans faire la moindre éclaboussure ?"

Grégoire Lacroix

Chapitre I : yn famij sybmɛʁʒe

1

L'escalier descendait jusqu'à la pièce à vivre. Comme il commençait à s'oxyder, une fine pellicule de rouille le recouvrait. Mais bien que délabrées, les marches demeuraient solides ; Hailàng pouvait les emprunter sans risque. Un pied après l'autre, et soutenu par ses deux béquilles, il progressait à un rythme lent.

L'architecture était telle qu'à mi-chemin de l'escalier, on se retrouvait à surplomber l'étage du dessous, ce qui permettait d'admirer un carrelage gris parsemé d'éclats cristallins. D'ici, les rares meubles apparaissaient minuscules, de même que les deux personnes qui se tenaient face à face autour d'une petite table basse, avachis dans de lourds fauteuils de cuir.

Hailàng n'eut le droit à un regard que lorsqu'il foula d'une béquille le premier carreau du vaste étage. En vérité, il eut même le droit à deux regards. Le premier, bref et chargé de sympathie, venait d'une jeune femme au visage constellé de taches de rousseur. Faisant contraste, les yeux glaciaux d'un homme brun, couronnés de sourcils froncés.

Hailàng se dirigea vers la cuisine qui jouxtait la pièce à vivre, puisque les humeurs n'étaient pas toutes bonnes, aujourd'hui encore.

La discussion put reprendre dès que le vieil homme fut parvenu à se traîner hors de la pièce. Ce fut la femme qui parla d'abord, tandis que l'autre ne parvenait pas à se défaire de son expression hostile.

— Ça fait un moment que ton père et toi, vous ne vous êtes pas adressé un seul mot, pas vrai ?

— Ouais…

— Tu ne crois pas que tu devrais lui pardonner, Shan ? Qui sait combien de temps il lui reste…

— Je n'y tiens pas. C'est légitime, non ?

La femme baissa les yeux, comme songeuse. La question était surtout un reproche formulé avec une pointe de véhémence. Shan se rendit compte qu'il venait de décharger une partie de sa colère sur son amie, et cela lui déplut. Il essayait de se montrer charmant au cours de cette discussion, et il n'allait pas laisser son père le rendre plus susceptible qu'il n'avait l'habitude de l'être.

— Line, dit-il en souriant, fais pas gaffe à ma relation avec mon père. Lui et moi, on n'est pas près de faire la paix. Depuis l'adolescence, j'ai compris que ça serait impossible entre nous. D'ailleurs, il aurait dû s'y attendre… Bref, je voulais te demander un truc.

— Est-ce que c'est lié à tes petites escapades, se moqua l'intéressée.

— Hé, c'est pas des petites escapades. Faut bien que quelqu'un explore cet endroit.

— Et j'imagine que tu veux encore me convaincre de t'accompagner ?

— Je sais que c'est pas ton délire, tu me l'as assez répété. Mais sur ce coup-là, il y aura de quoi te passionner, tu peux me croire.

Shan glissa une main dans la poche intérieure de sa veste, puis en tira une feuille pliée sous le regard perplexe de Céline, que son ami surnommait Line. Celle-ci se pencha en avant alors que sur la table basse fut étendu un plan annoté de toutes parts. Il s'agissait de la coupe transversale du bâtiment, comme on pouvait en voir un affiché près des escaliers. Mais là, le tracé était fait à main levée, accompagné de mots soulignés, surlignés, rayés, ou encore entourés. Céline ne put s'empêcher de sourire, se remémorant les dessins que faisait Shan quand il n'était qu'un jeune garçon fourmillant d'imagination.

— Quoi, demanda ce dernier.

— Rien. Désolé.

— Bon, regarde. Notre étage est ici. Et ça, c'est les deux caves. Jusque-là, rien de très passionnant.

La femme opina du chef, quand l'autre faillit se perdre dans la lente ondulation de ses cheveux roux.

— Bref… Tu te souviens de la trappe que j'ai trouvée dans la deuxième cave ?

— S'il s'agit vraiment d'une trappe.

— Eh ben c'en est une. J'ai réussi à l'ouvrir, et dessous, j'ai trouvé un plan gravé que j'ai recopié ici. Il dévoile ces deux nouveaux étages. (Shan les pointa du doigt sur la feuille.) Ils se trouvent au bout de ce qui, je pense, aurait dû devenir un passage pour un ascenseur.

— Alors comment y accéder si le passage est resté en travaux ?

— On pourrait y aller cet après-midi avec une échelle de corde.

— Attends. C'est là que tu veux m'emmener ? Les caves me font déjà peur, et toi, tu espères me faire descendre par ce conduit pour aller encore plus bas ?

— Je te le proposerais pas s'il n'y avait pas un truc qui pourrait t'intéresser là-dessous. Regarde les particularités de cette pièce, et surtout la forme de son plafond. Alors ?

Céline n'eut pas à examiner le plan très longtemps avant de réagir. Elle demeura interdite, mais déjà ses yeux dégageaient une lueur curieuse. Elle les offrit tout ronds à Shan qui sentit avoir atteint un point sensible.

Posté près de la porte de la cuisine, l'oreille attentive, Hailàng soupira.

2

Une goutte d'eau tomba du plafond et salit l'infusion que Céline venait de se préparer ; une nouvelle fuite ajoutée à une liste déjà trop longue. Elle aurait préféré que Shan les colmate avant d'aller traîner dans les caves du bâtiment.

Toutefois, elle ne pouvait lui en faire le reproche, car les priorités ne manquaient pas, et elle n'aidait pas beaucoup. Si Shan ne la blâmait pas d'être une adulte fuyant ses responsabilités, elle s'en chargeait à chaque fois qu'elle essayait de trouver le sommeil. À ce moment-là, elle se promettait toujours de mieux faire le lendemain. Depuis combien de temps s'enlisait-elle dans la paresse ? Avait-elle vraiment la force d'accompagner Shan cet après-midi, chose qu'elle n'avait pas faite depuis des années ? Tout en longeant le couloir qui joignait la pièce à vivre aux chambres, elle convint qu'aller voir Naïa et Marvin serait un premier défi à relever, une sorte de test. Si Shan la pensait capable de surmonter ses peurs, c'était peut-être à raison.

Elle s'arrêta devant la chambre des deux jumeaux. Leur porte était la seule encore entretenue ; les enfants avaient bien droit à un minimum de luxe. Ils avaient eux-mêmes écrit leurs prénoms sur le bois ensuite verni. Certes, l'humidité du bâtiment commençait déjà à faire son office, mais les prochaines rénovations attendraient.

Céline leva une main tremblante. Elle imaginait déjà la vision qui constituerait ses prochains cauchemars. Le bras lourd, elle finit par frapper à la porte, en espérant toutefois qu'on ne l'entende pas.

— Shan, interrogea une voix fluette. Tu peux rentrer.

Il n'y avait plus d'excuse valable. Si Céline ne pouvait pas même ouvrir cette porte pour saluer les deux enfants, il était impensable qu'elle accompagne son ami dans les niveaux inférieurs. Elle poussa donc la porte, le souffle retenu.

D'abord apparurent les grands murs tapissés de dessins d'enfants. Marvin avait une véritable passion pour les baleines, tandis que sa sœur préférait les poissons aux couleurs chatoyantes. Des jouets jonchaient le sol, parfois entassés en nombre excessif. Mais l'imagination des enfants était débordante, et ils savaient donc leur donner vie à tous, au gré des histoires qu'ils s'inventaient.

Faisant fi de ces détails, la jeune femme se focalisa bien vite sur la source de ses angoisses. Les lueurs qui ondulaient partout dans la pièce, jouant avec l'obscurité, venait de la rappeler à une singulière vérité. La vaste fenêtre qui se trouvait au fond de la chambre, si vaste qu'elle prenait presque la paroi entière, lui présentait une scène poignante. Les jumeaux se trouvaient assis devant, comme captivé par ce qui entourait le bâtiment. Ils attendaient là qu'une nouvelle créature aquatique se présente à eux...

Quand parut un banc de poissons, Céline se retrouva pétrifiée, ses doigts ligotant sa tasse. Les animaux s'approchaient et s'éloignaient de la vitre avec une rapidité folle, et comme la lumière venait de derrière eux, ils n'apparaissaient qu'en ombres fugaces. La surface n'était pas loin, aussi le soleil laissait deviner la constante ondulation de l'eau. Cinq mètres derrière la fenêtre, l'obscurité totale régnait déjà. Si les enfants y projetaient une innocente fantaisie, habitée de fée des eaux, d'anguilles aux couleurs de l'arc-en-ciel et autres créatures de conte, ce n'était pas le cas de Céline.

Elle se figurait des mâchoires béantes, des choses à la peau transparente qui laissaient entrevoir leurs organes battants. Plus encore, elle craignait l'arrivée soudaine d'animaux difformes, au squelette inexistant et au regard vide d'émotions. Si la seule vue de ces monstruosités ne suffisait pas, il lui restait le souvenir d'un prédateur trop vif pour être reconnu, et qui, une nuit lointaine, s'était senti insulté par la présence d'un bâtiment immergé ; cette bête aux dents infinies avait chargé sa fenêtre, et les yeux clos, Céline avait replié son corps infantile en espérant que les percussions sourdes ne se muent pas en bruit de verre cassé. Elle sursauta en entendant à présent ce son, en cet instant même, alors qu'elle était aujourd'hui adulte. Quelque chose venait de se briser, et elle s'agenouilla en boule, les pieds mouillés et brûlants.

— Céline, cria Naïa en courant à elle.

Bientôt accompagnée de son frère, la fillette tendit une main qui se voulait rassurante. Mais le contact avec une épaule tremblante fit naître un hurlement d'horreur. Au sol, une flaque terne s'élargissait peu à peu. Il y baignait des fragments de terre cuite, et un sachet de thym déjà fripé.

Shan avait entendu les cris des enfants et celui de Céline depuis l'autre bout de l'étage, et il ne lui fallut qu'une dizaine de secondes pour arriver sur place. Alors défilèrent les habituels gestes rassurants, les mots doux, les conseils de respiration. Cela dura presque une heure au bout de laquelle Céline se retrouva allongée sur le canapé du salon, le front en sueur.

— Pardon, bredouilla-t-elle.

— C'est rien, répondit Shan. Pourquoi t'es allée dans la chambre des enfants ? Tu sais bien que tu détestes la vue de l'extérieur.

— Je voulais savoir si j'étais prête à m'aventurer dans les caves.

— Line, je t'ai dit que j'avais fermé tous les volets dans les caves. Et pour ce qu'il y a sous la trappe, on ira étape par étape, et je prendrai les devants.

Les yeux de la jeune femme se perdaient encore dans chaque coin de la pièce, comme s'ils étaient à l'affût du moindre mouvement suspect. Elle mit du temps à se concentrer sur le visage de son ami et sur celui des jumeaux. Ceux-ci affichaient certes un air inquiet, leurs sourires respectifs n'en témoignaient pas moins de la tendresse.

— Je veux pas, dit Céline. Je veux pas y aller, Shan. Et je veux plus vivre dans l'océan.

— Désolé, Line. Tu sais bien que j'ai vérifié plusieurs fois les calculs de mon père ; il n'y a aucune chance pour que l'air de la surface soit respirable de notre vivant. Mais je te promets qu'on trouvera mieux que cet endroit. Y a forcément un réseau encore fonctionnel là-dessous, et il nous permettra d'atteindre un étage en meilleur état. Peut-être même qu'il y a des gens à retrouver ailleurs… Repose-toi cet après-midi, je m'occupe de tout. Les marmots, vous voulez bien rester avec elle ?

Marvin et Naïa hochèrent la tête à répétition, tandis que leurs yeux cristallins s'apposaient sur Céline.

3

Vérifier l'état de la bouée à l'œil nu ne suffisait jamais.

Cloîtré à l'étage culminant du bâtiment, sous un imposant plafond vitré, Hailàng ne percevait le dispositif flottant que sous la forme d'une ombre au beau milieu d'une surface tachetée de lumière. De fait, le ballon ressemblait davantage à un astre sombre dans un ciel aux étoiles imprécises qu'à un ballon de plusieurs centaines de mètres de diamètre servant de soutien d'urgence au bâtiment sousmarin.

Hailàng passait donc le plus clair de son temps à observer un écran sur lequel il faisait défiler les multiples données qui importaient à la vérification des systèmes. La bouée devait s'adapter aux modifications de la pression atmosphérique, et les câbles qui la reliaient au bâtiment, à la hauteur des vagues. Tout était automatisé, mais les ordinateurs faisaient toujours état de variables nouvelles, telles que la présence plus ou moins grande d'animaux aux alentours. Certaines migrations de masse pouvaient créer de puissants courants.

Seulement, si Hailàng restait le plus souvent dans le centre de contrôle, c'était surtout parce qu'il aimait cet endroit. Avec beaucoup de patience, il parvenait parfois à capter la lueur timide d'une lointaine étoile, où celle d'une haute lune.

Ici, on ne trouvait aucune information sur les étages inférieurs de l'installation, car la majeure partie des fonctionnalités des ordinateurs semblait inaccessible. Il en allait de même pour leur mémoire. Les appareils ne régulaient plus que la bouée, les câbles qui la liait au bâtiment, et le comportement des courants. C'était comme si les ingénieurs qui avaient mis au point ce système avaient accordés plus d'importance à ce qu'il y avait au-dessus de leur tête qu'en dessous. Ou plutôt, comme s'ils n'avaient cherchés qu'à retourner à la surface dès que cela serait possible.

Hailàng les plaignait. Si ses rêves le portaient au-delà de la Terre, au moins acceptait-il d'être condamné à l'océan.

4

Une autre tasse ; une autre infusion. À cet instant, plus
que jamais, recroquevillée sous un plaid avec les cheveux
en bataille, Céline se donnait l'impression d'être une mère
aliénée. Elle regardait les enfants jouer, sans que son regard
ne parvienne à se focaliser sur la scène. Les jouets bougeaient, se percutaient pour simuler des batailles, des ami-
tiés, des amours, des meurtres, des chasses, des retrou-
vailles, et bien d'autres événements. Aux mouvements
brusques s'ajoutaient les hurlements, les paroles creuses, les
promesses incompréhensibles.

Les maigres Marvin et Naïa changeaient si vite. Céline les
avait vus naître neuf ans auparavant, puis avait connu la
maladie de leur mère, puis le fatal accident de leur père.

La première était morte d'une pneumonie, la trop forte humidité de ce vieil endroit ayant peu à peu envahi ses fragiles poumons.

Le second n'était jamais revenu d'une excursion à l'extérieur. Le père, avec le soutien de Shan, avait cru pouvoir atteindre un bâtiment voisin en traversant le pan d'océan qui les en séparait, et ce, en combinaison de plongée. Cette folie, c'était l'espoir d'une vie meilleure pour deux jeunes enfants qui l'avait attisé. La ligne de survie avait accroché une bête qui, dans sa panique, avait tiré le père dans des profondeurs desquelles on ne l'avait jamais vu ressortir. La ligne qui aurait dû le sauver l'avait damné. Céline avait fait jurer à Shan qu'il ne retenterait plus jamais l'expérience. Ce dernier s'y était résigné.

Les jumeaux traînaient la mort derrière eux, sous la forme d'une accumulation de souvenirs funestes, de visages disparus, d'époques regrettées. Céline arrivait sur ses trente-deux ans, et pourtant, elle était assaillie de peurs irrationnelles, alors que ces deux enfants en étaient venus à aimer un monde qui avait emporté leurs parents. Ils aimaient toute cette eau, toutes ces créatures grandes et petites qui semblaient voler à leur fenêtre pour leur seul divertissement.

En vérité, ce que Céline n'osait pas s'avouer depuis un ou deux ans, c'était que sa phobie se projetait sur les jumeaux. Quand ceux-ci lui souriaient, elle avait l'impression de voir deux mâchoires de requin s'ouvrir. Leurs membres menus bougeaient parfois avec la souplesse de tentacules. Aussi, leurs cheveux se figeaient dans des dispositions invraisemblables, comme mus par des eaux invisibles.

Quand ils hurlaient en jouant, les muscles de Céline se tendaient. Elle les aimait pourtant, ou du moins le voulait-elle. Mais la vérité s'imposait peu à peu : les deux orphelins, aux mimiques si semblables, fille et fils de l'océan, incarnaient mieux que quiconque le désespoir de cet enfermement dans un monde qui n'aurait jamais dû accueillir les humains.

5

Si la deuxième cave avait angoissé Shan lors de sa découverte avec le père des jumeaux, des années auparavant, l'endroit s'apparentait aujourd'hui à un vaste atelier. Une multitude d'outils emplissait le lieu, soit entreposés le long d'étagères, soit abandonnés à même le parquet. Comme les plafonniers ne fonctionnaient plus, et que le système d'alimentation était difficile à comprendre, de grossières lampes éclairaient les coins importants. En fait, presque toutes encerclaient à présent une large ouverture au sol : la trappe.

Pour en venir à bout, Shan avait tâtonné avec l'euphorie d'un apprenti découvrant seul les ficelles du métier. D'abord, un marteau et un burin lui avaient permis de faire sauter les gongs. Il avait ensuite découvert, en essayant de soulever l'ouvrage à l'aide d'un pied-de-biche, qu'il y avait un autre système de verrouillage. Les nombreux écrans en panne de la pièce avaient laissé deviner un mécanisme électronique. Son père, la seule personne à posséder quelques bases d'informatique, aussi rudimentaires soient-elles, n'avait jamais accepté de s'y pencher. C'était une énième raison de leur discorde.

Il avait donc fallu travailler avec l'acharnement d'un charpentier qui tente de déloger une poutre à coups de poing. Petit à petit, de la même façon qu'on retournerait une voiture en empilant les crics, Shan était parvenu à ses fins, non sans provoquer un bruit assourdissant jusque dans les oreilles à demi-sourdes de son père.

En ce jour, un long mois après avoir étudié l'étroit tunnel vertical que cachait la trappe, il était venu l'heure de s'y aventurer. Dans les poches du jeune homme reposait le plan des étages inférieurs, ainsi que de petits outils qui pourraient s'avérer indispensables. Sans plus attendre, il se glissa alors dans le trou et commença à descendre l'échelle de corde construite pour l'occasion. Sa lampe frontale lui permettait de jauger sa progression, à défaut d'éclairer le fond du tunnel.

On a beau le garder en tête, les distances sur un plan peuvent paraître bien erronées lorsque vient le temps de l'exploration. Par conséquent, la descente fut si longue que Shan pensa un moment qu'il manquerait d'endurance, et qu'un de ses bras finirait par le trahir. Mais ce qu'il ressentait dans ses membres s'avéra être de l'appréhension, non de la fatigue. Il convoqua donc son entier courage en affichant une expression de défi. S'il perdait la face, ni son père, ni les jumeaux, ni Céline ne prendraient la relève. Il fallait trouver quelque chose avant que cet endroit plein de moisissures ne les étouffe tous.

Une lueur blanche apparut soudain dans les profondeurs du conduit métallique. Elle força Shan à se figer pour prendre le temps de l'étudier du regard. Il y avait quelque chose là-dessous, c'était pour lui une certitude. D'ailleurs, plus il remuait sur son échelle pour savoir de quoi il s'agissait, plus l'étrange scintillement bougeait à son tour. Shan s'apprêtait à lancer un appel de vive voix quand il comprit que ce qu'il percevait était en réalité le reflet de sa propre lampe, bien qu'aucun métal ne puisse en renvoyer de semblable. Un miroir devait se trouvait plus bas.

Reprenant sa progression, l'explorateur improvisé se retrouva très vite dans un espace quelque peu élargi, semblable à une passerelle cloisonnée au centre de laquelle se trouvait un miroir carré de près de cinquante centimètres de côté. Il se baissa pour en balayer la poussière de la main quand il fut ébloui par une vive lumière pâle. Tout le carré venait de s'allumer, et il affichait une liste de mots. Il s'agissait d'un écran de contrôle. S'il était encore en état de marche, cela faisait de l'étage inférieur une réserve de promesses.

Shan toucha la première commande, *uvɛʁtyʁ*, et quand l'écran se souleva sans l'accabler d'une demande de mot de passe, un riche couloir s'alluma sous ses yeux ébahis.

6

De toutes les chambres, il y en avait une à la décoration plus désuète que les autres. Les divers meubles qui s'y trouvaient dataient d'une époque où l'on cherchait à lisser les formes et à composer avec un ensemble de couleurs restreintes. On avait ici opté pour un mariage entre un blanc insondable et un noir brillant. Cela conférait à la chambre une sobriété quasi protocolaire.

Outre le rejet des angles abruptes et des enduits multicolores, on pouvait noter l'absence de fenêtres. À la place, de larges photographies recouvertes d'un plastique feutré. Celles-ci faisaient renaître des réalités passées : de grands champs de blé, des mégalopoles observées depuis le lointain, des couchers de soleil transformant des passants en ombres inaccessibles, des ciels parcourus de montgolfières, des enfants en pleine course, ou encore l'entrée d'un temple japonais.

L'éclairage de la pièce était d'une pâleur telle qu'elle semblait être un doux coton apposé sur la matière. C'était un paradis pour ceux qui rêvaient des anciens temps, pour ceux qui voulaient se souvenir sans s'attrister. On y pénétrait comme dans un livre d'histoire plein d'éloges.

Un seul élément rendait à cette chambre la dureté de la vie présente, encore qu'il se parait d'une certaine élégance. Sur le grand lit vêtu de soie noire reposait un corps dont on ne percevait que la tête et les épaules. Sa peau marbrée tapissait une ossature saillante et tordue. Toute rondeur avait abandonné la personne endormie, de la même façon que pour une momie dépourvue de son bandage. Et pourtant, comme le prouvait des tubes reliés à une machinerie silencieuse mais bien active, il ne s'agissait pas là d'un mort, mais d'un vieux dormeur.

Pour qui découvrirait ce singulier spectacle, il serait difficile de se sentir à l'aise en compagnie d'un vivant si cadavérique. En revanche, pour Céline, cette pièce était un havre de paix, davantage que sa propre chambre. Rien ici ne la rappelait à sa thalassophobie, cette terreur dévorante des profondeurs océaniques et de leurs habitants. Au contraire, elle pouvait y admirer les images d'un monde où le vent soufflait encore. Si son besoin de s'imaginer au-dessus de la surface était trop intense, elle pouvait même saisir l'un des livres reposant sur une petite bibliothèque pour le lire à voix haute ; et selon elle, ce qui l'apaisait apaisait aussi le dormeur.

Par ailleurs, c'était Céline qui s'occupait de laver le silencieux doyen, de soigner les fissures qui apparaissaient sur sa peau cassante, d'hydrater ses yeux, etc. Elle vérifiait que la machine le nourrissait toujours et administrait la dose correcte de médicaments. Elle changeait parfois la literie, balayait la pièce et dépoussiérait les meubles. Tout ce qu'il y avait à faire ici, elle s'était portée volontaire pour le faire.

Pourtant, si l'endroit la rassurait, de même que la muette présence du dormeur, elle ne savait presque rien de ce dernier. Hailàng avait raconté que son coma durait depuis des décennies, et qu'il ne l'avait vu éveillé que lors de sa prime jeunesse. Quant aux causes de sa condition, elles pouvaient tout aussi bien être liées à une maladie qu'à un accident.

Si Céline perdait peu à peu tout espoir de sortir du bâtiment pour admirer un ciel véritable et pour fouler la terre de ses pieds nus, elle aspirait encore à voir s'éveiller un être qui, lui, l'avait peut-être fait durant son enfance. Elle imaginait son langage ancien et par moments amusant, sa voix d'oracle, ses gestes lents, son regard transparent, et surtout, sa sagesse spirituelle.

Le dormeur pouvait un jour devenir le père qu'elle n'avait jamais eu, car comme les jumeaux, Céline avait perdu les siens à un trop jeune âge.

7

Ce ne fut pas dans une absolue sérénité que Shan se laissa tomber sur une passerelle de verre. Les fils d'acier qui la parcouraient de l'intérieur le rassurèrent cependant ; ceux-ci formaient un maillage si resserré que même si le support devait se briser, Shan ne s'écraserait pas dix mètres plus bas.

Il ne marcha pas vite pour autant. Déjà, le couloir au-dessus duquel il se déplaçait était d'un luxe hypnotisant, son vif éclairage mural venant mettre en valeur un magnifique mobilier, ainsi qu'une moquette aux motifs polychromes. Des portes de bois noble se faisaient face tous les cinq à six mètres, et de petits écrans brillaient à leur droite. Cet endroit rappelait les riches hôtels dont Shan avait parfois lu la description au détour de certains livres.

L'excitation monta en lui, car il se souvint aussi que c'était là le cadre d'évènements imprévisibles. Derrière chaque porte se trouvait une chambre ; dans chacune pouvait résonner une histoire.

Une idée surgit alors dans son esprit : si les gens vivaient autrefois ici, les étages supérieurs n'étaient alors que l'entrée du bâtiment. Ce que Shan et les autres appelaient la pièce à vivre n'était que l'antichambre d'un vaste réseau résidentiel. Ainsi, la cuisine aurait servi à faire patienter les visiteurs, tandis que les deux caves, de toute évidence, n'auraient été que des entrepôts destinés à la nourriture, aux outils de nettoyage et de maintenance, à la lingerie, et aux produits hygiéniques.

Mais pourquoi y avait-il eu coupure d'accès entre les étages supérieurs et ce quartier luxueux ? Son père l'ignorait-il vraiment, ou mentait-il comme il le faisait si souvent ? Toujours était-il que cet endroit paraissait bien plus vivable et hospitalier.

Plus loin, le couloir se dédoublait pour s'étendre à gauche et à droite. Aussi, une nouvelle trappe au niveau du croisement permettait de quitter la passerelle. Celle-ci n'était pas couverte d'un écran tactile ; deux boutons activaient son ouverture et sa fermeture. Shan pressa le premier, puis le verre se souleva sans un bruit, pendant qu'une échelle se déployait jusqu'à la moquette.

La première surprise qu'éprouva Shan en posant les pieds sur le sol, ce fut l'allure de la passerelle de verre depuis le couloir. L'ouvrage apparaissait comme un plafond d'un noir étincelant. Comment pouvait-on voir à travers la matière d'un côté, et non de l'autre ? Quelles propriétés physiques permettaient une telle prouesse ? Ces questionnements n'étaient que secondaires, mais non dépourvus d'intérêt. Shan décida de s'y pencher plus tard.

En attendant, il s'avança au hasard vers l'une des portes et essaya de l'ouvrir. L'écran mural qui la jouxtait afficha alors un énigmatique *pʁezãte vɔtʁ kaʁt d‿aksɛ* accompagné d'un agréable bip sonore. Il fut nécessaire d'essayer d'autres portes, mais comme le résultat fut toujours le même, il fallut se résoudre à trouver une meilleure approche. Si le couloir seul demeurait accessible, il y aurait alors la possibilité d'utiliser la méthode la plus fiable : le démantèlement des portes, morceau par morceau.

Shan prit au préalable le temps de se retrouver sur le plan qu'il avait emmené avec lui. S'il avait déambulé de façon labyrinthique dans les corridors, sans même s'en rendre compte, il trouva néanmoins un croisement qui semblait offrir une sortie au dédale. Tous les chemins se regroupaient en un large corridor, et celui-ci amenait à une petite pièce circulaire où l'on trouvait un nouveau plan des couloirs et des chambres. Ces dernières n'étaient pas numérotées, comme s'il existait un moyen de se repérer à l'instinct. Des écrans, ronds cette fois-ci, recouvraient aussi les murs. Shan se dirigea vers l'un d'eux, et sans même le toucher, il le vit s'activer en prenant une sublime teinte azurée. Une voix claire accompagna ce soudain allumage.

— Bonjour, que puis-je faire pour vous ?

— Bonjour, répondit Shan avant de laisser traîner un long silence d'incompréhension.

— Avez-vous besoin d'un renseignement, d'un service ?

— Euh, qui êtes-vous ?

— Mon nom est Nausicaa. Je suis une intelligence artificielle mise au point dans le but de vous accompagner tout au long de ce séjour.

— Mais… Vous êtes réelle ?

— Mon intelligence est réelle, mais je suis un être artificiel. Mon statut ne dépend donc que de vous.

Shan ne savait quoi répondre à cette intrigante présentation. Devait-il se sentir heureux de rencontrer quelqu'un, ou juste fier d'avoir mis la main sur une technologie depuis longtemps délaissée ? Dans le doute, il jugea bon de faire preuve de politesse. Aussi, il préféra esquiver les sujets qui ne le concernaient peut-être pas.

— Euh, j'aimerais savoir où je me trouve, s'il vous plaît.

— Vous vous trouvez actuellement au deuxième palier du Nérée 2. Si vous désirez accéder à votre logement, suivez les indications de votre carte. Si votre chambre ne se trouve pas à ce palier, votre carte pourra aussi vous indiquer la route à suivre. Mais peut-être désirez-vous accéder au Spéos d'Ino ?

— Le quoi ?

— Voulez-vous que je répète ?

— Euh, non. Dîtes-moi ce qu'est le Spéos d'Ino.

— Vous devez venir de très loin pour ne pas connaître notre très estimée Ino.

— Eh bien, euh…

Pouvait-on mentir à une intelligence artificielle ? Shan voulait bien prendre le risque, mais il fallait qu'il en mesure les possibles conséquences. Qu'adviendrait-il d'une personne considérée comme intruse en ce lieu ?

— Pouvez-vous me présenter votre carte, demanda Nausicaa d'une voix bien trop douce pour une demande qui semblait plutôt autoritaire.

— Je… Je l'ai oubliée.

— Amusant, monsieur. Il me semble pourtant que vous êtes doté de tous vos membres.

Cette fois, la discussion prenait une fâcheuse direction. Déjà, l'IA devait être reliée à un système de caméra, à moins que l'écran lui-même en soit une. Ensuite, cette fameuse carte dont elle parlait devait être une technologie directement intégrée au corps. Il n'était plus possible de mentir. Seule option restante : le bluff. Shan espérait que Nausicaa soit davantage artificielle qu'intelligente ; de surcroît, il fallait qu'elle soit plus serviable que fureteuse.

— Laissez faire, s'enhardit Shan. Je plaisantais à propos d'Ino. Où est-ce que vous m'avez dit que se trouvait son… Spéos ?

— …

— Nausicaa ?

— Vous êtes un sacré plaisantin, monsieur. Empruntez le couloir derrière vous et vous y serez en moins de cinq minutes.

— Merci, dit Shan en jetant un œil dans la direction indiquée.

— Monsieur ?

— Oui…

— Que vos orémus soient inspirés. Et que la déesse soit heureuse de les écouter.

Shan retint un hoquet de surprise. Il n'avait croisé le terme de déesse qu'au sein d'antiques ouvrages, mais aucun ne traitait d'Ino. Les seules images qui lui revenaient étaient celles d'un homme mort sur une croix, de cœurs arrachés aux sommets de pyramides, de foules agenouillées autour d'un cube, ou encore de cadavres enfermés dans des boîtes. Il se devait de poursuivre son exploration mais, ces images en tête, il craignait fort de découvrir ce qu'était ce fameux Spéos d'Ino.

8

La majeure partie du temps, les jumeaux se retrouvaient livrés à eux-mêmes. Hailàng était occupé à penser aux étoiles, quand Céline leur semblait de plus en plus distante. Celle-ci avait beau le cacher, les enfants pouvaient ressentir sa méfiance à leur égard. La personne qui leur prêtait le plus d'attention était Shan, mais son désir d'exploration le poussait souvent à l'absentéisme.

Néanmoins, Marvin et Naïa s'adaptaient vite, d'autant plus depuis la mort de leurs parents. Alors n'étaient-ils pas tristes d'être mis de côté. Bien au contraire, ils étaient heureux de rester ensemble, car d'infinies possibilités leur ouvraient alors les bras. Des heures durant, ils observaient en silence le défilé des créatures marines par la fenêtre de leur chambre. Quand l'un d'eux se sentait d'humeur joueuse, personne ne les empêchait de courir dans les couloirs, de dessiner sur les murs de leur chambre, ou de jouer dans la pièce à vivre en imaginant qu'elle soit un gargantuesque sous-marin dont ils étaient les commandants.

En général, Shan prenait garde à ne pas rester trop long-temps loin des enfants et de Céline. Mais aujourd'hui, il avait prévenu que son travail pouvait accaparer toute son après-midi, sinon davantage. Pour les jumeaux, cela ne po-sait pas de problème ; il faudrait juste se projeter dans une aventure plus folle que d'habitude. Et ce fut au fil d'odyssées avortées qu'ils en vinrent à trouver une histoire exaltante…

Marvin distribuait ses ordres aux divers officiers qui, partout dans le sous-marin, s'agitaient pour effectuer leur travail. Un puissant courant avait fait dériver l'engin à des miles de la trajectoire prévue, si bien qu'il était à présent impossible de repérer sa position sur la carte. Le comman-dant Marvin s'échinait à recueillir le moindre élément qui puisse les aider à retrouver le bon chemin. Identifier les poissons qui longeaient les grandes fenêtres du sous-marin s'avérait inutile, car la plupart peuplaient l'entièreté de l'océan atlantique. Il fallait donc se concentrer sur autre chose, mais quoi ?

Les heures passèrent, et tout semblait perdu. Les victuailles allaient bientôt manquer, de même que les réserves d'oxygène. Assis sur les escaliers du vaste centre de contrôle, Marvin tenait sa tête fumante entre ses mains moites quand l'un de ses officiers l'interpella. Ce dernier annonça qu'une étrange inconnue était entrée dans le submersible, et qu'elle désirait lui parler. Aussitôt, le commandant demanda comment une personne pouvait entrer dans un sous-marin. L'allure même de ladite inconnue fut sa réponse.

Une femme venait d'entrer dans la grande salle, mais en aucun cas une femme normale. Habillée d'une ample robe élimée, couleur saumon, elle avançait d'un pas lent. Elle portait sur sa tête un large chapeau à demi transparent dont s'échappaient de long rubans clairs. C'était du moins ce qu'avait d'abord pensé le commandant. En y regardant de plus près, il comprit qu'il s'agissait en réalité d'une extension du corps de la femme. Il découvrait un être de légende, tel qu'il en avait aperçu dans de rares livres. Devant lui se trouvait une femme-méduse, une créature dont le crâne semblait justement se terminer en chapeau de méduse. Ce qui apparaissait a priori comme des rubans étaient en fait de fins tentacules capables d'électriser les imprudents. D'une beauté troublante, les femmes-méduses étaient aussi décrites comme des prophétesses oubliées. Marvin passa outre sa surprise pour tenter de tirer avantage de cette situation inattendue.

— Êtes-vous l'une de ces prêtresses vivant au cœur des océans ?

— Oui, répondit la créature en affichant un regard insondable. Je suis venue pour vous remettre sur le droit chemin, commandant Marvin.

— Nous vous en sommes redevables. Mais pourquoi cette attention, alors que les hommes ignorent votre existence depuis des siècles ?

— Parce que vous et votre équipage avez un destin à accomplir. Sans vous, notre princesse sera perdue.

— La princesse des femmes-méduses…

— Nous sommes les Scyphozoas, et n'avons avec les femmes que de trompeuses ressemblances. Notre princesse, Ondine, souhaite que je vous amène à elle pour vous armer en vue d'une rude bataille.

— Mais, nous ne sommes pas des guerriers. La mission qu'on nous a confiée ne concerne que des découvertes scientifiques.

La Scyphozoa ne répondit pas. Toujours d'une démarche nonchalante, en laissant chavirer sa robe et ses tentacules de gauche à droite, elle alla se poster à moins d'un mètre de Marvin. Celui-ci ne savait comment réagir.

Tous les officiers présents étaient aussi sur les nerfs. S'ils avaient possédé des armes, il n'aurait pas hésité à les empoigner d'une main flageolante.

— Vous dîtes vrai, reprit la fascinante créature marine. Néanmoins, une race pacifique comme la nôtre ne saurait demander de l'aide à ceux qui consacrent leur vie à en ôter. C'est parce que vous œuvrez pour le bien que votre aide nous serait précieuse.

— Êtes-vous en guerre avec un autre peuple de la mer ?

— Même les requins ne s'en prennent à nous que pour se nourrir. Aucune race marine ne porte assez de haine en elle pour s'en prendre à tout un peuple, encore moins pour des raisons de territoire ou par simple bassesse d'esprit.

— Est-ce que vous voulez dire que…

— Vous connaissez assez bien les vôtres pour le deviner. Oui, certains de vos frères terrestres sont jaloux de notre savoir. Ils veulent nous faire esclaves et profiter de nos prophéties pour régner partout.

Cette terrible nouvelle fit naître une profonde honte dans le cœur de Marvin et de ses officiers. Comment pouvaient-ils refuser d'empêcher leurs semblables de commettre l'irréparable ? Que les hommes s'entre-tuent était une chose déjà abominable ; qu'ils profitent de la faiblesse des animaux n'avait rien de plus noble ; mais qu'ils veuillent réduire à l'état d'esclavage les gracieuses Scyphozoas portait leur cruauté à un tout autre niveau. Marvin et les siens se devaient d'agir. Le commandant s'engagea alors à rencontrer la princesse Ondine. Aussitôt, on alluma les moteurs et on suivit les indications de la prophétesse déclarée invitée de marque à bord du sous-marin.

Connaissant l'entêtement de ses semblables, Marvin savait tout autant que les extralucides Scyphozoas que les eaux seraient bientôt colorées de sang. Qu'une paix durable succède au massacre était un minimum à espérer…

9

Un fantasme…

Ce terme ne pouvait être qu'une tentative maladroite de dépeindre le Spéos d'Ino. Aux yeux de Shan, l'endroit était impossible, ou du moins impensable.

Déjà, quand il avait parcouru le long couloir de verre qui devait l'amener à destination, rien ne lui avait paru faire sens. Les vitres étaient parcourues d'un fin maillage d'acier, comme une toile d'araignée à l'extraordinaire finesse. Il avait dû y coller sa tête pour le constater.

Très vite, il s'était focalisé sur la faune marine à laquelle il s'était presque senti intégré grâce à cette structure quasi imperceptible. Jamais les bancs de poissons, les petits groupes de requins, les lointaines silhouettes de baleines et autres timides animaux n'avaient paru si omniprésents. Il s'était aussi rendu compte que tout cela se déplaçait au gré des trois dimensions qui constituaient ce monde fou. Des choses descendaient de la surface lumineuse pour croiser le chemin de solitaires entités, celles-là même glissant parfois son regard vers lui, l'étranger terrestre.

Sous ses pieds s'étendait l'halocline, plus visible que depuis les étages supérieurs. Puisque la composition chimique de l'eau changeait à une certaine profondeur, l'océan paraissait soudain tapissé d'un voile brumeux sans fin. Cet impressionnant palier avait beau se trouver plusieurs dizaines de mètres plus bas, selon les données récoltées par son père, Shan avait eu l'impression de marcher dessus. Son cerveau s'était inventé un sol, car il acceptait mal l'idée de pouvoir se déplacer au milieu d'un ciel d'eau.

S'il n'avait jamais partagé la peur de Céline, Shan avait aujourd'hui pu se la figurer, tant il se sentait insignifiant dans cette myriade de vies libres, si bien taillées pour voler dans l'océan. Surtout, en s'attardant sur l'halocline, il s'était imaginé un ou plusieurs monstres quittant soudain les ténèbres des abysses pour venir lui rendre visite.

Le vertige de Shan avait été renforcé par le subtil mouvement du couloir. Le verre, renforcé de fils souples, tanguait tant à l'horizontale qu'à la verticale, suivant les palpitations de l'eau, s'y adaptant comme un bateau sur les vagues. Il avait cru un instant qu'il était sur le point de salir le verre des restes de son déjeuner, mais il avait cessé d'y penser pour ne pas s'y inciter.

Shan avait chancelé jusqu'au bout du couloir. Il y avait constaté la présence d'une porte ovale aux multiples couleurs dansantes. Cette inconstance conférait à celle-ci l'aspect d'un plasma au travers duquel on était invité à passer. Là encore, une technologie de pointe avait sans doute été employée. Ce qu'il y avait de plus impressionnant, c'était que le verre du couloir était si limpide que la porte chatoyante était apparue flottante dans l'océan. Et comme si cette impression n'avait pas suffi, à l'approche de Shan, l'ovale multicolore s'était replié à la manière d'un origami. Alors le Spéos d'Ino s'était manifesté, surpassant de loin toutes ces mises en bouche… Il avait tout d'un fantasme…

Le grand dôme de verre qui le constituait ne représentait pas grand-chose pour Shan, pas plus que son diamètre avoisinant les vingt mètres. Les diverses colonnes creuses qui parcouraient la salle tout en formant de larges passages pour la faune marine n'avaient pas plus d'importance à ses yeux. De même, il trouvait certes incroyable que les meubles soient si transparents tout en réfractant assez la lumière pour affirmer leur présence, l'illusion de destructuration de la réalité qui en résultait ne retint son attention qu'un temps. Enfin, les luminaires qui flottaient partout dans la grande pièce le laissaient stoïque, bien qu'ils fussent de la même nature que la porte et qu'on ne comprît pas comment il était possible qu'ils volettent à leur guise.

Une seule chose captivait le solitaire explorateur. Cette salle couverte d'une immense coupole de verre surplombait une inquiétante chose à l'envergure indéfinissable. Impossible de poser un nom plus précis que celui de chose car Shan n'en percevait qu'un mouvement continuel, une forme changeante, et des teintes indécises. Peut-être pouvait-il comparer cela à une méduse géante, mais la seconde d'après, il s'agissait d'un banc de poissons suivant une spirale descendante. Quand il se demanda si la chose était une ou plusieurs, il se trouva subitement au-dessus d'une masse abstraite, semblable à un phénomène cosmique inédit. S'agissait-il là d'Ino ?

La chose n'était approchée que de rares créatures marines, encore que celles-ci s'en détournaient bien vite. Elle se transformait sans arrêt, d'un mouvement lent, sans agiter l'eau outre mesure. Toujours ses apparences se renouvelaient, et toujours elles laissaient une impression d'illogisme. Le spectacle était hypnotisant.

Soudain, la terreur. Shan eut un geste de recul, un désir viscéral de retourner de là où il venait. La chose apparaissait d'un coup comme un gigantesque visage de femme aux yeux ronds et blancs, et au sourire énigmatique. L'expression était fixe, mais des filaments organiques s'échappaient des contours de la face en ondulant. L'un de ses étirements de peau partait du front pour s'étendre comme une antenne à l'extrémité illuminée. C'était cette lumière qui, seule, faisant à présent apparaître l'entité.

Il ne s'agissait pas là que d'un visage, mais de tout un corps nu qui s'étirait depuis les profondeurs pour tendre une main effilée et palmée vers Shan. Cette inquiétante posture ressemblait à la fois à l'invitation d'une titanesque sirène et à une tentative d'enlèvement vers les abysses. Cette géante pouvait bien être une sculpture d'un réalisme aberrant, issue d'un esprit dérangé qui aurait cherché à fusionner une femme sublime avec une baudroie abyssale. Et si toutes les formes de la chose n'étaient qu'éphémères, celle-ci ne s'attardait que trop. Le corps paraissait s'étirer de plus en plus. La main s'approchait, quand les yeux et le sourire s'élargissaient peu à peu.

Shan ne pouvait supporter cette vue, même s'il ne s'agissait là que d'une création folle. Il décida de prendre ce qu'il pouvait dans le Spéos avant de fuir l'image de cette entité que d'autres avaient nommé la déesse Ino…

10

— Mais il fallait bien qu'on aide la princesse Ondine, se défendit Naïa.

— Oui, ajouta Marvin, les Scyphozoas vont se faire tuer par les terrestres.

— Arrêtez avec cette histoire stupide, fulmina Céline. Je vous ai déjà dit que je ne voulais pas vous voir jouer avec des couteaux. Vous auriez pu vous blesser, ou blesser quelqu'un d'autre. Il n'y a pas assez de jouets dans votre chambre, hein ? D'ailleurs, Naïa, cette robe est à moi. C'est une des dernières qu'il me reste. Et puis, c'est quoi cet abat-jour sur ta tête ?

— C'était pour faire la femme-méduse… Pourquoi tu pleures ?

De fait, Céline venait de s'affaler sur le canapé, et des larmes coulaient malgré elle le long de ses joues. Les mains cachant son visage ne pouvaient en aucun cas suffire à tromper les enfants qui, maintenant, se sentaient coupables. Ils tentèrent de s'approcher pour consoler cette femme qui était à la fois une amie et une seconde mère, mais cette dernière les en empêcha d'un brusque geste de la main.

Ne sachant quoi faire de mieux, Naïa retira la robe sous laquelle elle portait encore ses propres habits usés, puis elle la posa sur la table, avec le couteau. Elle ôta ensuite l'abat-jour de sa tête et le replaça tant bien que mal sur la lampe de laquelle il provenait. Son frère la regardait faire d'un air chagriné.

Cependant, ces gestes indifférèrent Céline qui se rendait bien compte que sa tristesse n'était pas le simple fait des enfants. À mesure que les désagréments s'accumulaient, son désenchantement grandissait. Ses parents lui manquaient, et elle ne se sentait pas la force d'offrir davantage aux jumeaux que ce dont elle-même avait eu droit.

Une nouvelle fois, Shan arriva à point nommé. Ce fut en tout cas l'impression des enfants quand ils le virent entrer dans la pièce. Comme à chaque fois, ils oubliaient les moments où Shan n'arrivait que trop tard pour empêcher la situation de trop s'envenimer. Peut-être qu'à leur âge, une grande partie de leurs souvenirs avait tendance à s'évaporer.

— Hey, s'écria Shan quand il comprit que les choses allaient mal. Vous avez encore poussé Céline à bout, les marmots ?

— Désolé, on voulait pas.

Marvin se contenta de hocher la tête pour appuyer les excuses de sa sœur. Les larmes lui montaient aussi, et comme souvent, il craignait que le pardon lui soit refusé. D'ailleurs, Shan grimaça en découvrant le couteau et la robe posés sur la table basse. Nul besoin de lui expliquer la situation, il arrivait très bien à se la représenter. Il savait que les jumeaux ne se permettaient pas de telles folies quand il était là, et conscient de leur amour pour Céline, il ne comprenait pas pourquoi ils lui causaient tant de soucis. Ces deux petits monstres avaient sans doute besoin d'autorité. Pour preuve, les yeux sévères de Shan avaient plus d'impact que le regard triste de Céline.

De façon générale, la peur semblait être le meilleur moyen de recadrer les imprudents. Naïa et Marvin n'étaient pas les seuls concernés par cette théorie. Sans sa rencontre avec Ino, Shan serait encore en train d'arpenter les étages inférieurs. Il n'était donc qu'un grand enfant, comme son amie qui pleurait à s'en inonder les mains.

— Bon, reprit-il, allez préparer une infusion pour Céline, les marmots. C'est le moins que vous puissiez faire. Et faites-le tranquillement. Après, on va organiser une petite réunion de famille, d'accord ?

Les jumeaux allèrent dans la cuisine sans témoigner le moindre engouement. Ils se doutaient bien que les sermons ne faisaient que commencer.

Shan attendit d'être seul avec Céline, dont les larmes avaient tari. Il s'apprêtait à lui remonter le moral quand il vit son père en train de redescendre du centre de contrôle. Le nonchalant Hailàng avait tout l'air de savoir ce qu'il se passait, à en juger par l'expression compatissante qu'il adressait à son fils. Ce dernier resta silencieux, jusqu'à ce que le vieil homme se retrouve à quelques pas de lui. Là, son sang ne fit qu'un tour.

— Qu'est-ce que tu veux ? Tu viens de te rappeler notre existence, c'est ça ?

Céline releva la tête vers les deux hommes qui se dévisageaient. Cela faisait longtemps qu'elle n'avait pas assisté à une colère de son ami, et elle ne se souvenait qu'à peine de la voix du père. Il lui sembla que la discussion qui allait suivre ne devait pas avoir lieu, qu'elle ne mènerait qu'à un nouveau conflit, d'autant que l'étrange sourire du père faisait office d'huile sur le feu.

— C'est moi qui te fais rire, demanda Shan.

— Quand tu étais petit, répondit un Hailàng des plus sereins, je te retrouvais parfois à creuser les murs avec un tourne-vis. C'est comme ça que tu as fait le trou qu'il y a derrière la commode, là-bas.

D'une de ses béquilles, l'homme indiqua un coin reculé de la pièce à vivre. Céline chercha du regard le fameux trou, mais comme annoncé, un meuble de bois ancien le dissimulait. Shan, de son côté, ne détourna pas les yeux de son père.

— Quand tu l'as fait, tu ne me regardais pas avec une telle colère. Au contraire, à ce moment-là, tu m'as annoncé avec naïveté que tu allais sortir un trésor du mur. C'était la même innocence que celle de Naïa quand elle disait se déguiser en femme-méduse.

— Si t'as un truc à dire, dis-le.

— Je pense que les enfants devraient avoir le droit de rêver. Ils sont encore jeunes. Il faut bien qu'ils s'inventent des histoires, même s'ils en font parfois trop. Je trouve leur idée de Scyphozoas assez originale. Je préfère même leur version à la véritable classe des scyphozoaires.

— Je comprends mieux. En fait, bercer mon enfance d'illusions ne t'a pas suffi. Tu veux que les jumeaux vivent la même chose, hein ?

— Il y a deux façons de voir à travers une illusion. Soit on la conçoit comme un artifice qui nous traîne dans le mensonge, soit on la remercie de nous épargner la triste vérité.

— Je ne tiens pas à gâcher cette journée, alors arrête…

— Shan, il ne faut pas que tu mésestimes les pouvoirs de l'imagination. Les petits sont encore capables de recolorer le monde à leur guise, et toi, tu leur présentes une réalité encore plus terne qu'elle ne l'est vraiment.

— Sans déconner, laisse tomber…

— Tu ne veux plus me parler, hein ? Autrefois, tu pouvais passer plus d'une heure à me décrire les oiseaux dont tu rêvais, et aujourd'hui…

— Aujourd'hui, s'exclama Shan, je sais que je ne les verrai jamais, ces oiseaux. En vrai, je m'en fous de ces piafs, des licornes que je te dessinais, ou des femmes-méduses. Non mais sérieux… Tu me laisses grandir en me faisant croire qu'il y a de la magie partout, et qu'un jour, on pourrait peut-être remonter à la surface, et tu oses soutenir que c'était bon pour moi ?

— Tu as eu une enfance heureuse. Ça n'aurait pas été le cas si tu te savais prisonnier de cet endroit.

— Tu te souviens de plein de trucs, pas vrai ? Alors rappelle-moi comment j'ai réagi quand j'ai appris la vérité.

— Shan, s'interposa Céline avec douceur.

— Attends. J'aimerais que mon père me raconte cette histoire, lui qui aime tant en raconter.

Hailàng baissait à présent la tête ; il laissait voguer son esprit dans le passé. En effet, ce souvenir était parmi les moins beaux de sa longue mémoire. Il adressa un air entendu à son fils, dans l'espoir de lui donner raison sans avoir à répondre à la question, mais Shan refusa d'un mouvement de tête. Les jumeaux écoutaient à la porte de la cuisine, et Shan allait profiter de cette occasion pour leur faire une piqûre de rappel. Il se disait même que tous ici en avaient besoin, lui compris. Ce serait mieux qu'une longue réunion de famille, car pour une fois, tout le monde entendrait cette histoire de la bouche du père, et non du fils qui avait tendance à éluder.

— Ta mère, se lança Hailàng de sa voix lente et lézardée par les âges, elle était introuvable. Avec les parents de Céline, et ceux des jumeaux, on est allé dans les caves pour voir si elle ne s'y trouvait pas. Je t'avais dit de rester dans ta chambre, et que ta mère était sans doute en train de lire un livre dans un coin tranquille, comme à son habitude. Céline, toi, tu faisais une sieste. C'était souvent le cas, vu que tu te fatiguais vite à courir de partout. Il fallait vous voir, quand vous jouiez tous les deux… De vrais tornades…

Shan faillit reprocher cet écart à son père, mais il se retint, parce que Céline souriait à cette note positive.

— Bref, on a cherché partout, sans résultat. Au début, je ne m'inquiétais pas trop. Ta mère pouvait rester seule pendant des heures sans s'en rendre compte. Mais cette fois-ci, on était tombé sur le livre qu'elle lisait actuellement, sur son tricot en cours, et même sur les pantoufles qu'elle ne quittait presque jamais. Quelque chose n'allait pas. La même idée nous est venu avec la mère de Céline. On a soudain compris ce qu'il se tramait…

Le père lança un nouveau regard à son fils, plus implorant que le précédent. Il ne tenait pas à raconter la suite de vive voix. Mais une fois de plus, Shan lui fit comprendre qu'il ne tolérerait pas son silence. Alors se poursuivit l'histoire.

— On a couru vers la plus haute salle du bâtiment, le centre de contrôle. Ce jour-là, personne n'y était encore allé, puisqu'il était tôt. Une des combinaisons de plongée avait disparu, mais il y avait encore toutes les bouteilles d'oxygène qu'on conservait au cas où. Par économie de moyens, aucun d'entre nous n'était jamais sortie du bâtiment. On réservait cette occasion à la réparation de systèmes vitaux, si besoin était. On ne savait pas qu'il était facile de faire une sortie ; sinon, on aurait condamné l'accès… Ta mère était passionnée par le monde extérieur (Le ton de Hailàng devint nostalgique.) Elle rêvait de construire une maison au bord de la mer, de faire des promenades en forêt, et même de construire un avion. Elle était douée en électronique, et sa capacité de concentration était impressionnante. C'est grâce à elle si une bonne partie de nos ordinateurs fonctionnent encore. Mais le but de ta mère était de quitter cet endroit. Elle en parlait souvent, et pour jouer le jeu, je vous ai raconté, à toi et à Céline, qu'il était possible qu'on visite un jour la surface. Le quotidien de nous autres, adultes, n'était pas très heureux. Vous méritiez le bonheur, au moins pendant votre enfance. J'ai convaincu les autres parents qu'il valait mieux dire la vérité à votre adolescence, et que vous comprendriez. En plus, ça leur épargnait temporairement l'angoisse de vous avouer qu'on était coincé là-dessous. C'était l'excuse qu'ils attendaient.

— Ma mère, dit Shan, elle a fini par confondre la réalité avec ce mensonge. À force, tu lui as lavé le cerveau.

— Peut-être, oui. Il est possible qu'elle ait oublié les raisons pour lesquelles on était coincé ici. Ou peut-être qu'elle pensait que l'atmosphère n'était pas aussi toxique que ce que nos vagues relevés affirmaient. Nous n'avions pas la preuve tangible que la raison pour laquelle nos ancêtres avaient construit des habitats sous-marins était encore valable. Après tout, les livres qu'on possède sont datés, c'est une certitude, mais nous ne savons pas en quelle année nous sommes. Est-ce que ça fait des siècles que les continents ont été désertés, ou des millénaires, ou davantage ? Ta mère voulait le savoir, plus que quiconque. Pendant qu'on cherchait à estimer la durabilité de ce bâtiment, elle ne cessait de penser à la surface. En tout cas, le jour où elle est sortie, elle ne pouvait pas être localisée, sauf sur un coup de chance. Notre seule possibilité était d'établir un contact avec le système de communication de son casque de plongée. On a passé de longues minutes à essayer de l'activer à distance. C'étaient les plus longues minutes de ma vie…

— C'est à ce moment que Shan est venu au centre de contrôle, demanda Céline.

— Juste avant que le contact soit établi. On essayait de le convaincre que sa mère allait bientôt revenir, au moins pour qu'il arrête de pleurer. Et la voix de sa mère a soudain résonné dans la pièce, et tout le monde s'est tu. Elle m'a d'abord appelé, alors je me suis précipité vers le micro en lui ordonnant de revenir. Mais elle a commencé à trop en dire…

— Elle a commencé à dire la vérité, rectifia Shan. Elle a dit que là-haut, ça ne devait pas être si mortel. Elle a dit qu'on ne pouvait pas rester prisonnier de ce bâtiment, et que si on le faisait, ça nous tuerait de l'intérieur. Aussi, elle a ajouté que Céline et moi avions le droit au sacrifice des adultes pour nous donner une chance de vivre le rêve qu'elle avait partagé avec nous. Quand tu lui as précisé avec panique que j'étais dans la pièce et que j'entendais tout ce qu'elle disait, elle s'est adressé à moi… Elle a dit qu'elle était désolé que vous m'ayez tous menti, et qu'avec un peu d'espoir, elle transformerait ce mensonge en vérité. Et enfin, alors que tu essayais de transférer le son dans un casque pour que je n'entende plus sa voix, elle a dit qu'elle venait d'atteindre la surface, et qu'elle allait maintenant retirer son casque pour enfin respirer. Et là, je n'ai plus rien entendu, à part toi qui t'affolais. Je savais qu'elle était en train d'étouffer là-haut, qu'elle s'était brûlée les poumons à vouloir aller trop haut. Les mensonges l'ont tué, quoique tu en dises. Personne ne nous a épargné, Céline et moi. On a juste retardé le moment de notre désillusion, à tel point que la vérité est devenu plus noire que le fond des océans. Si on avait tout su dès le départ, on n'aurait pas eu ce profond sentiment d'être à jamais noyé sous le monde. Cet enfer aurait été plus vivable si tu ne l'avais pas d'abord déguisé en paradis. Vos parents, à toi et à maman, ont fait la même erreur. Et je n'ose pas imaginer depuis quand cette erreur est commise. Marvin et Naïa, eux, ont eu le droit de tout savoir parce qu'avec Céline, on voulait pas qu'ils se sentent aussi trahis que nous. Et regarde-les !

Shan montra du doigt les jumeaux qui se tenaient dans l'encadrement de la porte de la cuisine. Ils étaient tristes et muets, mais comme semblait vouloir le dire Shan, ils ne montraient aucun signe d'entonnement. Leur expression était celle d'enfants à qui on répéterait une leçon mainte fois entendue.

— Nous aussi, avec Céline, on aurait aimé jouer à la femme-méduse et au navigateur. On aurait aimé observer la faune marine sans éprouver d'angoisses. Mais la vérité, c'est que je ne pense maintenant qu'à nous emmener ailleurs que dans ces étages délabrés, à nous trouver un accès vers le bâtiment voisin en espérant qu'il soit encore intact, rempli d'oxygène et de vivres. Céline non plus ne méritait pas ses angoisses actuelles. Elle ne méritait pas qu'avec son père, on s'échine à trouver une échappatoire. Elle ne méritait pas que son père y perde la vie.

— Shan, coupa Hailàng. Aucun de nous ne mérite d'être coincé ici. Et tu veux que je te dise une chose que j'avais jusque-là cachée par égard pour vous ?

— Tiens, encore une vérité cachée !? Vas-y, vide ton sac !

— Que ce soit à la mort de ta mère, ou lors de la mort du père de Céline, j'étais dans le centre de contrôle, en communication avec eux. Moi seul l'étais, même dans le second cas où je faisais le perroquet entre toi et le père de Céline. C'est pour ça que je les ai tous les deux entendus mourir… J'ai entendu leurs râles d'agonie, leurs derniers mots qui, crois-moi, n'avaient rien de doux. Aucun des deux n'a pensé à son enfant à la toute fin. Ils appelaient à l'aide, de la façon la plus lamentable qui soit. Ils s'en prenaient à leur propre obsession, et ils me priait de les sortir de là, peu importe le prix. Ils n'étaient plus les gens aimables que j'ai connu pendant toute leur vie, et avec qui j'ai grandi. Mais j'ai écouté jusqu'à leur dernier mot, et jusqu'à leur tout dernier souffle. C'est le souvenir le plus intense qu'il me reste d'eux, et je ne peux plus m'en défaire. Mais si tu avais entendu ta mère jusqu'à la fin, et si Céline vous avais entendu là-dehors, votre vie serait encore plus atroce que ce qu'elle est maintenant. La vérité n'est pas aussi lumineuse que ce qu'on imagine, et je remercie mes parents de me l'avoir épargné assez longtemps.

Hailàng était à son tour partagé entre la colère et la profonde tristesse. Comme les autres, il demeura silencieux. Il n'y avait plus rien à dire qui ne vaille le coup d'être dit. Seules les pensées restaient, encore que celles-ci n'étaient que chaos.

Pour chaque membre de cette famille prisonnière des eaux, les choses demeuraient globalement les mêmes. Les comptes n'avaient pas été réglés ; c'était juste un épisode de plus.

Une heure plus tard, on se retrouva à manger, les enfants dans leur chambre, Hailàng dans son centre de contrôle. Quand Céline et Shan eurent finis leurs assiettes, ce dernier se décida à offrir à son amie le livre qu'il avait trouvé dans le Spéos d'Ino. Il ne voulait pas que les choses stagnent, que Céline se sente de plus en plus enfermée. Ce livre, c'était la seule nouveauté dans leur quotidien depuis des années, et il pouvait faire sortir Céline de son errance psychologique. Et bientôt, grâce au livre, aux étages inférieurs, à Nausicaa, et à d'autres secrets révélés, la prison pourrait peut-être s'agrandir, sinon s'estomper…

Chapitre II : yn imɛʁsjɔ̃ dɑ̃ lə Neʁe

11

À la différence des livres qui traînaient un peu partout à l'étage, et surtout dans la chambre du dormeur, celui qui venait du Spéos d'Ino était d'une épaisseur considérable.

En plus d'avoir gardé le goût des mots tachant le papier, les gens d'autrefois semblaient vouloir cajoler leurs petites créations. Ils les habillaient de papier plastifié, de carton rigide, de cuir reluisant, quand un riche tissu n'était pas employé. Cependant, l'objet que tenait Céline dans les mains apparaissait comme le résultat d'une attention toute particulière. Assise dans son lit, sa couette couvrant ses jambes, elle l'observa avec attention.

La couverture du livre était une superposition de deux couches de métal ; l'une présentait autant de trous que de

matière pour permettre à l'autre d'apparaître de façon nette.
Surtout, il s'agissait là d'un cobalt au bleu éclatant sous un
argent luxueux, et l'agencement des deux rappelait de suite
la surface d'une eau ondulée. Un titre incompréhensible se
trouvait au centre de la couverture. D'un noir insondable, il
était comme creusé dans les deux couches d'acier. Ce titre,
c'était : *ʁətuʁ oz‿o*

Céline allait certes ouvrir ce livre, mais elle avait
l'impression qu'une fois la chose faite, même en le refer-
mant, ses valeurs auraient changées. Après tout, un pareil
ouvrage ne pouvait contenir de vaines écritures.

Il faudrait le déchiffrer pour y trouver des réponses. La
difficulté ne viendrait pas seulement de l'alphabet employé,
mais aussi des intentions de l'auteur. Pour cause, Shan avait
précisé que l'endroit où il avait trouvé ce livre laissait entendre que c'était là la clef de voûte d'une religion qui
n'avait rien à envier aux autres en terme d'imagerie mystique.

La page de garde était vierge, comme pour n'importe
quel livre. En revanche, son épaisseur différait de celle des
pages suivantes ; sa finesse invitait le lecteur à la délica-
tesse. Céline faillit l'arracher par inadvertance, suite à quoi
ses gestes se firent d'une douceur quasi pieuse.

Derrière cet avertissement, le papier se montra plus charnu qu'à l'ordinaire. Les précautions qu'il fallait prendre en manipulant le livre ne venait en fait pas de la fragilité des feuilles, mais de la quantité d'encre qui en couvrait la surface. Rien que sur cette première page imprimée, le papier avait dû absorber tant d'encre que les yeux s'y noyaient.

À bien y regarder, il ne s'agissait là que d'une répétition du titre, cependant qu'il était agrémenté d'une abstraite enluminure, comme on en trouvait le plus souvent dans les livres médiévaux. Céline se rappelait bien l'ancestrale édition de *Yvain, le chevalier au lion* qui reposait dans la chambre du dormeur. La différence, c'était la finesse des détails et la maîtrise de la colorimétrie. Ainsi, quand l'encre de l'ouvrage chevaleresque était à demi estompée, celle de l'ouvrage métallique pouvait avoir été apposée la veille.

Ravie de la beauté de ce livre, la jeune femme tourna une nouvelle page. À présent apparaissait le premier corps de texte, dense et chargé de lettres. À sa grande surprise, des dessins abstraits et aux teintes folles entouraient les paragraphes avec plus d'avidité encore. La lecture promettait d'être intense, d'autant que l'alphabet demeurait obscur.

12

Bien qu'il lui fallait explorer les étages inférieurs, Shan devait d'abord passer un peu de temps avec les siens. Il n'irait cependant pas voir son père, à moins de vouloir lui adresser les multiples pensées que la nuit lui avait susurrées. De toute manière, les émotions des deux hommes étaient devenues des titans que personne ne voulait voir s'affronter.

Shan avait aussi quelques reproches à faire à Céline ; des reproches qu'il garderait pour lui, car ceux-ci provenaient surtout d'un amour qui attendait réponse… Quant aux enfants, ils devaient juste se montrer plus obéissants. Ici, pensa Shan, on se dit tout à demi-mot, car des mots pleins seraient trop lourds, et ils menaceraient de faire couler cet endroit plus profondément.

Ces mauvais états d'âme mis à part, la prochaine journée promettait d'être excitante. Shan avait décidé de ne retourner que le surlendemain vers le Spéos pour se focaliser sur un autre type d'exploration. Céline avait sans doute commencé à feuilleter le livre d'Ino avant d'aller se coucher, curieuse qu'elle s'était montrée à sa vue. Le jeune homme pouvait donc espérer un premier avis pendant le petit-déjeuner, ce qui excitait sa fibre aventureuse. De surcroît, il en profiterait pour entretenir ses ambitions relationnelles.

Le temps que la belle rousse se réveille, son amoureux brun s'adonna à la préparation de magnifiques plateaux présentant des tranches de pain, des haricots à la tomate, du boudin noir et blanc, et un petit verre de jus d'orange. C'était ce que les réserves pouvaient offrir de plus royal le matin.

Comme Céline ne s'était pas encore levée, ayant sans doute veillé tard, Shan s'attela ensuite au nettoyage de la cuisine, au rangement de la pièce à vivre, et au peaufinage de son allure. Ces tâches achevées, il erra un temps en prenant soin d'oublier ses devoirs d'exploration. Cependant, lui revenaient sans cesse des réflexions à propos de Nausicaa, d'Ino, ou des personnes ayant bâti cet endroit. Ces derniers avaient sans nul doute échappé à une surface toxique, mais leur stratégie avait-elle été la seule, ou se réfugier sous l'océan n'était que le choix de certains, quand d'autres s'étaient tournés ailleurs ? Si certains livres de fictions parlaient de vaisseaux spatiaux, peut-être la réalité avait-elle dépassé ces mêmes fictions ? À son grand regret, les écrits qui se trouvaient ici ne suffisaient pas à reconstituer le passé, et encore moins à appréhender le présent.

Shan se laissait aller à des élucubrations quand Céline apparut enfin. Elle resplendissait comme une flamme tout juste éveillée, les cheveux aplatis d'un côté, froissés de l'autre, le regard dans le vague, habillée de son habituelle robe de nuit chiffonnée et affichant un sourire discret. C'était ce dernier détail qui fascinait toujours Shan, car si le soir amenait son amie à la tristesse, la nuit parvenait à l'en nettoyer.

Il y eut les salutations routinières, suite à quoi le petit-déjeuner fut amené dans le salon avec enthousiasme. Déjà les premières blagues, les premiers rires de la journée, et les conversations ponctuées de silences apaisants. Les matins étaient ces réceptacles qui, employés à bon escient, pouvaient ensuite déverser un flot de bonheur sur l'entière journée. Et une longue heure durant, la table devant la-

quelle mangeaient Céline et Shan fut le cœur d'un réceptacle des plus prometteurs.

Mais une légère brèche s'ouvrit, et comme à chaque fois,
le réservoir de félicité s'évida en partie. Le livre d'Ino, à la
fois dans la tête de l'un et de l'autre, s'invita à la table. Ce
fut Céline qui l'évoqua la première. Shan n'avait pas voulu
imposer ce sujet de discussion, et il fut ravi que son amie le
fasse d'elle-même.

— Je n'ai lu que le premier chapitre, précisa-t-elle. Il fait à
peine quatre pages, mais j'y ai passé une bonne heure.

— Pas facile à lire. Rien que la première page m'a filé un
mal de crâne. C'est pour ça que j'ai pas insisté et que je te
l'ai donné.

— Eh bien, je sais pas trop si je vais comprendre de quoi
ça parle.

— Je suis sûr que t'en es capable, Line.

— En vrai, j'ai réussi à déchiffrer pas mal de mots. On dirait un langage oral directement retranscrit à l'écrit, avec
quelques lettres bizarres. Par contre, les phrases sont tellement déstructurées que s'en devient presque impossible
d'interpréter le livre sans savoir ce que l'auteur avait dans
la tête. La poésie surréaliste, j'aime beaucoup, mais là, c'est
pas ma tasse de thé.

Shan ne put cacher sa déception. Il soupira, puis afficha un sourire compréhensif. Son désir n'était pas de prouver à son amie la valeur primordiale de l'ouvrage, pourtant, il lui semblait le falloir afin de mieux comprendre cet endroit où ils vivaient. Avant de se lancer, il proposa du thé, puisque Céline l'avait suggéré au détour de ses paroles. Comme elle accepta, il alla dans la cuisine, prépara un breuvage parfait, ni trop chaud, ni trop froid, puis il revint avec quelques tranches de pain supplémentaires et le reste des haricots. À son grand plaisir, le sourire de Céline n'était en rien terni.

— Shan, dit-elle, je sais que tu veux que je lise ce livre, et que ça t'aiderait…

— Oui, coupa-t-il par mégarde. Enfin, c'est surtout que ce qu'il raconte pourrait se montrer utile. Par contre, ça m'embêterait que tu le fasses par obligation.

— J'ai jamais dit que j'allais m'arrêter là. Bien sûr, le style d'écriture et l'alphabet me fatiguent beaucoup. Le problème, c'est que ne pas aimer ce livre parce qu'il est incompréhensible me gêne un peu. Si ça se trouve, le propos est plus intéressant que la forme. Je compte bien m'essayer au deuxième chapitre aujourd'hui.

— J'espérais que tu dises ça, et je suis persuadé que tu arriveras à comprendre de quoi ce livre parle.

— D'ailleurs, s'enflamma soudain Céline, je crois avoir décodé le titre. C'est : *Retour aux Eaux*. D'instinct, j'aurais tendance à dire que le sujet ne va pas me plaire, mais on ne juge pas un livre à sa couverture, pas vrai ?

— *Retour aux Eaux* ? Intéressant… J'ai hâte de savoir ce que tu vas apprendre de plus aujourd'hui. En attendant, laissons cette histoire de bouquin de côté, si ça te va.

L'affaire entendue, Shan changea vite de sujet. Cette journée ne devait pas être consacrée à des recherches ou, de façon plus générale, à l'évocation de ces étages où s'intensifie l'obscurité des océans. Aujourd'hui, le but était de faire avancer une relation amoureuse. Céline le sentit bien, comme à chaque fois. Cependant, au fil de nombreuses conversations qui déguisaient un long jeu de drague, se manifestait une fois de plus ce blocage qui prenait pour elle la forme d'un pincement au cœur. Shan avait beau se montrer prudent, patient, et la traiter avec la plus formidable des considérations, elle se trouvait une fois de plus au pied du mur, jusqu'à ce que la discussion devienne plus formelle.

À l'instar de toutes les fois précédentes, il fut impossible pour l'un et pour l'autre d'entrevoir les raisons de ce blocage amoureux. La jeune femme admirait à la fois la gentillesse, la beauté et l'intelligence de son ami, tout comme elle avait l'ardent désir de partager davantage qu'une amitié avec lui. Mais depuis le baiser qu'ils s'étaient échangés quinze ans auparavant, la flamme de sa passion semblait prisonnière d'une cage.

Dans un sens, si Céline voulait poursuivre la lecture de *Retour aux Eaux*, c'était en considération d'un court passage qu'elle avait lu :

amaʁe a l‿idʁijad

kœʁ sumi

amaʁe sɑ̃z‿amuʁ

pjɛtʁ dɔ̃

amuʁ / fudʁ / kao

amuʁ / fly / eko

Elle avait partiellement traduit ces mots, et cela donnait :

amarré à l'…

cœur soumi

amarré … amour

…

amour / foudre / chaos

En même temps, le passage évoquait le sujet maritime. Y avait-il donc un lien concret entre les deux concepts ? Céline craignait-elle l'amour de la même façon que les profondeurs océaniques ?

Au final, cette matinée ne différa pas des autres. Les premiers sourires, encore innocents, avaient déjà commencé à faner à l'heure où un soleil oublié atteignait son zénith.

13

Il était rare que les jumeaux rejoignent Hailàng au centre de contrôle. Déjà, le géronte aimait à passer la majeure partie de son temps dans la solitude. Ensuite, son fils redoutait qu'il narre ses récits mensongers à des enfants en âge de tout croire. Ce que Shan ne savait pas, c'était que son père n'avait pas l'intention de le faire avec les jumeaux.

À l'inverse des autres, Marvin et Naïa se sentaient à l'aise dans le bâtiment. Pourtant nés sous la surface comme Hailàng lui-même, ils ne s'étaient jamais sentis oppressés par les eaux ténébreuses. Peut-être cela viendrait-il plus tard, ou peut-être que l'évolution exerçait là son lent office. Même leur peau privée d'ultraviolets paraissait moins maladive, d'une pâleur plus naturelle.

Tandis que chaque ordinateur assiégeait son écran respectif de chiffres incompréhensibles, le verre du plafond laissait filtrer des rayons hasardeux dans toute la pièce. À midi, quand le ciel était dégagé comme il l'était aujourd'hui, le centre de contrôle s'habillait de la même splendeur que le fond d'une piscine en été. Les jumeaux adoraient ce spectacle.

Pourquoi Hailàng sentirait-il le besoin de mentir à des êtres déjà si heureux ? Il aurait aimé que son fils soit aussi insouciant à leur âge, et que sa défunte femme soit bercée par un positivisme similaire. En ce moment même, les enfants parlaient encore de femmes-méduses, de marins courageux et de sauvetage de la civilisation marine. Sur le sol, des dizaines de jouets dont la plupart avaient déjà façonné l'imaginaire de Hailàng durant son enfance. Les autres provenaient des caves, ou avaient été fabriqués au fur et à mesure que les générations s'étaient succédé.

En revanche, un des jouets était étranger au vieux Hailàng. Il demanda à Marvin de le lui montrer de plus près, et celui-ci vint le déposer dans ses mains osseuses. L'objet s'avéra plus lourd que son allure le laissait présager. Sans doute un métal dense le composait, cependant que la matière présentait une souplesse remarquable. Sa forme rappelait celle d'une grossière ancre à jas, sinon qu'une fine tige parcourait l'ouvrage pour se terminer en angle droit à son extrémité haute. Hailàng songea d'abord à une sorte de peigne, mais à bien y penser, cela ne faisait pas sens. Trop de détails semblaient avoir une utilité pratique. En manipulant le jouet, Hailàng se sentait comme un australopithèque à qui l'on présenterait un stylo plume.

— Les enfants, dit-il d'un ton hésitant, est-ce que vous savez à quoi ça sert ?

— C'est un faiseur de musique, s'empressa Naïa. Tu l'avais jamais vu ?

— Non... Vous l'avez depuis quand ?

Les enfants s'observèrent en haussant les épaules.

— D'où ça vient ?

— Shan nous l'a offert, répondit Marvin. Mais avec Céline, ils aiment pas trop la musique que ça fait. Ils disent qu'ils préfèrent les enregistrements de la grosse boîte à musique.

Hailàng fouilla sa mémoire. Il eut beau chercher, il ne se souvenait de rien qui puisse ressembler à cet objet. En même temps, la dernière fois qu'il était entré dans la chambre des jumeaux remontait à plusieurs années. Il était donc logique qu'il ne soit pas au courant des cadeaux reçus de la main de Céline et de son fils.

— Vous pouvez en jouez, demanda-t-il aux jumeaux.

Ils ne répondirent pas. Naïa s'approcha et prit l'objet, puis elle se tourna vers son frère pour s'assurer qu'il acceptait de lui laisser la main. Alors elle leva l'objet à sa bouche, le déposa contre ses dents et referma ses lèvres autour. Tenant de sa main gauche la base de l'ancre, elle ferma les yeux et vint bousculer la tige centrale d'un doigt délicat. Le son produit étonna Hailàng à qui il sembla que tout son être entrait en vibration. Puis d'autres sons suivirent le premier, et l'air que joua Naïa s'avéra plus harmonieux qu'attendu. Le faiseur de musique, que Hailàng comprenait bien sûr comme étant un instrument, différait de ce qu'il avait l'habitude d'entendre. Déjà, il ne s'agissait pas là d'un enregistrement, mais d'une musique construite dans l'instant. Ensuite, les notes vibraient, résonnaient, s'agrémentaient de fluettes imperfections, de lointaines interventions, et d'un semblant de voix robotisée pour, en fin de compte, former un ensemble cohérent. Puis, une seconde plus tard, ces réflexions parurent erronées. La musique de Naïa bondissait vers un rythme accéléré en rien explicable. Surtout, un écho se joignait aux notes, en aucun cas formé par l'action mécanique du métal. Hailàng devinait un système électronique inclus dans l'instrument, quand ses pensées furent soudain balayées par la maîtrise impressionnante de la fillette. Les lèvres de cette dernière remuaient en distordant la mélodie à sa guise, tandis que sa main droite activait l'instrument comme un guitariste en transe. C'en devint presque inquiétant. Hailàng déglutit, et tout cessa d'un coup, l'écho de la dernière note laissant progressivement revivre le soufflement ténu des ordinateurs.

— Marvin en joue encore mieux, annonça la jumelle qui était fière de constater que sa musique avait fait de l'effet.

— Je ne savais pas que vous étiez des petits musiciens en herbe. Et vous n'avez aucune idée de l'endroit d'où provient cet objet ?

— Non, mais depuis qu'on l'a, on en joue presque tous les jours.

— Je veux bien te croire. Dommage que je ne vous ai pas entendu avant.

— On en joue surtout dans notre chambre, dit Marvin.

— Parce que Shan et Céline n'aiment pas trop cette musique, c'est ça ?

Naïa et Marvin se lancèrent un long regard. Un secret y était contenu, et les deux enfants se demandaient en silence s'ils pouvaient ou non le partager. Cette communication digne de deux frère et sœur, sinon réservée à des jumeaux, résultait d'une intimité que seuls leurs nombreux instants de solitude pouvaient avoir bâti. Après cette déroutante délibération, Marvin se décida à parler.

— Au début, c'était juste pour ne pas les embêter. Mais maintenant…

— Tu gardes le secret, exigea soudain Naïa.

Hailàng ne put qu'acquiescer. Garder un secret de plus ne lui faisait pas peur. Toutefois, que des enfants de neuf ans se montrent si intransigeants le surprenait.

— Maintenant, reprit Marvin, c'est surtout pour demander à Nausicaa de nous rendre visite.

14

Un jeu de tournevis, quelques clés mixtes, un marteau rivoir accompagné d'un burin, des pinces coupantes, multiprises, universelles, coupe-boulons, un pied-de-biche, ainsi qu'un couteau affûté, une disqueuse, et un cric. Ça, c'était le nécessaire en matière de bricolage dit agressif, c'est-à-dire pour forcer une porte, une trappe, un coffre, ou tout autre élément se montrant réfractaire.

En parallèle, des outils plus subtils tels qu'un multimètre numérique de première qualité, un tire-fil électrique, une pince à bec et une à dégainer, de bonnes longueurs de fil, ainsi qu'un modulateur d'énergie électro-magnétique dont les multiples usages étaient encore à découvrir.

Avec tout cet attirail, Shan portait un poids suffisant pour se constituer des jambes en acier, autant que pour s'abîmer le dos. En outre, il fallait transporter de la nourriture, des masques à oxygène, des lampes, et un outil de mesure polyvalent permettant de déterminer le taux d'humidité, de radiation ou encore de toxicité de l'air. Après tout, il ne s'agissait plus de descendre de simples escaliers, mais d'accéder à une structure sous-jacente du bâtiment, accessible seulement par un conduit souple. Les seuls autres liens entre les deux structures étaient d'épais câbles reliant leurs angles pour ne pas qu'elles se disloquent, puisqu'elles ne bougeaient pas de concert dans les courants marins.

Le Nérée 2, comme l'avait nommé l'IA Nausicaa, était la concrétisation de l'immixtion à long terme d'une espèce terrestre au sein d'un océan inhospitalier. Si Shan savait depuis longtemps qu'il existait deux structures distinctes, il se doutait aussi que d'autres devaient s'étendre plus bas. Avec ses parents, ceux des jumeaux et ceux de Céline, une théorie avait été avancée selon laquelle l'ensemble des constructions s'étendait jusqu'au plancher océanique. Si cela s'avérait juste, alors le dernier étage, ou le premier, selon le point de vue, se trouvait environ cinq kilomètres sous la surface. Bien sûr, Shan se gardait de le préciser à Céline

quand il disait que son exploration serait longue, ayant lui-
même le vertige en y songeant.

Puisqu'il était déjà tard lorsque Shan avait entrepris les
préparatifs de sa prochaine expédition, l'heure du coucher
fut imminente au moment de les achever. Mais le sommeil
ne vint pas, retardé par une envie soudaine d'étudier à
nouveau les plans du Spéos et du quartier résidentiel.

Déjà, pénétrer l'une des chambres figurait parmi ses priorités, et se pencher sur l'architecture du bâtiment pouvait y
aider. Mais les indications qui figuraient sur le plan étaient
pour la plupart inintelligibles. Il faudrait donc attendre
d'être sur place pour mieux les comprendre.

En ce qui concernait le Spéos d'Ino, on pouvait le percevoir comme un inquiétant avant-goût de ce que les Nérées
enfermaient entre leurs murs de verre. Il s'agissait d'un lieu
de culte, selon toute vraisemblance, et la gigantesque sculpture d'Ino qui s'étendait depuis les profondeurs pouvait ne
pas être un cas unique. Partant de ce principe, plus Shan
approcherait des abysses, plus les lieux qu'il découvrirait
gagneraient en richesse matérielle. Qu'une ville entière se
dresse à la verticale sous cet océan ne serait alors qu'une
surprise attendue.

Tandis que sifflait un silence méditatif, on frappa à la porte de la chambre. Shan convia son invité à rentrer, et Céline apparut sur le seuil. Ce soir, son sourire n'était pas tout à fait éteint, même s'il semblait moins détendu que ceux qu'elle offrait le matin. En temps normal, la courbure de sa bouche relevait ses pommettes et faisait apparaître de fins sillons jusqu'à son nez effilé. Aussi, ses yeux se plissaient plus ou moins en fonction de l'intensité de la joie ressentie. Shan trouvait cette expression d'autant plus charmante qu'elle portait quelque chose d'un peu grimaçant. Toutefois, à cet instant, seule la bouche de Céline s'affairait, quand le reste de son visage conservait une mélancolie certaine.

— Tu as besoin de quelque chose, demanda le jeune homme.

— Je… En fait, comme tu risques de partir pendant plusieurs jours…

Plusieurs secondes passèrent, et la phrase n'eut droit à aucune conclusion. Pourtant, cette hésitation dans la voix, cette posture gênée dans l'embrasure de la porte, et ce regard qui naviguait aux quatre coins de la pièce, tous ces détails parlèrent à la place de Céline. Celle-ci cherchait à déplacer un nouveau pion sur l'échiquier de sa relation avec Shan, et elle ne savait pas quelle case choisir, ou si son geste était opportun.

L'autre joueur, un peu embêté de ne pas avoir compris plus tôt, se leva et avança de quelques pas. Il était maintenant convenu que cette journée devait servir à les rapprocher davantage, et peut-être même à faire d'eux plus que des amis. Shan s'en voulait d'avoir cru l'affaire ratée, car la nuit ne faisait que s'amorcer. Il n'osa s'imaginer qu'elle serait partagée, mais il se surprit à espérer un bref contact.

— Tu sais, dit-il, je ne pars pas vraiment. Je vais juste chercher de quoi renouveler un peu nos petits déjeuners.

Un léger rire. La blague, si on pouvait la considérer ainsi, n'était pas drôle, mais elle détendait l'atmosphère. Céline avança à son tour d'un mètre, non sans troubler son rythme cardiaque.

— Alors ramène un peu de safran, si tu peux. Ça donnera un peu de goût au pain.

Cette fois, c'était le cœur de Shan qui perdait son habituelle cadence et se mettait à tambouriner de manière agréablement oppressante. Il savait ce qui se jouait là, impossible qu'il se fasse des idées à ce propos. Pourtant, il voulut s'en assurer, comme on demande si le cadeau qui porte notre nom nous est bien adressé. Se postant juste devant son amie, il parla à voix basse :

— On ne manque pas de sel, pas vrai ?

Il leva les yeux au ciel en se demandant comment il avait pu laisser s'échapper une phrase si déplorable. Ce fut cet air affligé qui fit sourire Céline, puis une timide moue qui l'enjoint à l'embrassade.

Le baiser dura à la fois le temps d'un éclair et celui d'une nuit d'orage. Céline et Shan se regardèrent ensuite sans trop réaliser la situation. La dernière fois que cela s'était produit, quinze ans en arrière, leur expression avait été la même. Et tout comme autrefois, Céline ne put savourer son bonheur plus d'une minute. Déjà reprenait vie le spectre d'un amour prostré, le fantôme d'une déchirure qui s'étendait sur l'entièreté de ses organes. Ce phénomène incompréhensible ressemblait à un mécanisme de défense soudain devenu fou. La blessure, bien qu'imaginaire, n'en était pas moins douloureuse.

— Line, appela l'autre. Ça recommence, hein ?

Il avait essayé de masquer sa déception pour se focaliser sur le tourment de son amie, mais le timbre de sa voix l'avait trahi. La honte frappa alors Céline. Cette dernière se jugea dysfonctionnelle, aliénée, indigne de l'amour auquel elle aspirait. Bien sûr, Shan tentait de l'en dissuader, car il devinait l'émergence de ces pensées négatives. Faute d'apporter du réconfort, ses paroles furent étouffantes, à l'instar d'un chandail de laine qui, tout en vous protégeant d'un froid mordant, vous harasse de ses fibres perçantes. Afin qu'on ne la suive pas, Céline s'excusa et partit sans hâte, pendant que son corps et son esprit lui hurlaient de s'éclipser avant qu'un malaise ne la cloue au sol. Elle allait se réfugier dans son lit et y trembler jusqu'à ce que la fatigue l'emporte dans un rêve éphémère. Penser à Shan, abandonné dans sa chambre, bientôt absent car il décèlerait un besoin de solitude, endurcit sa peine.

Ce soir-là, Céline laissa le livre d'Ino à sa place.

Cette nuit, Shan étudia les plans du Nérée 2 jusqu'à y apposer son front et s'endormir.

15

Au fond, Hailàng ne désirait pas construire de nouveaux mensonges. Le rempart émotionnel qui se dressait entre lui et son fils suffisait à l'attrister. Parfois, il lui fallait se rappeler pourquoi il avait tant fait le tri parmi les vérités. S'il cessait d'en altérer certaines et de cacher les autres, s'il avouait tout, peut-être la bonté humaine pourrait l'emporter sur les pièges de la vie…

Mais c'était là le problème. Le vieil homme redoutait davantage les bonnes intentions que les mauvaises. Certes, conforter sa femme dans ses illusions avait mené à une cruelle mort. D'un autre côté, imaginer un seul instant la réaction qu'elle aurait eu en entendant certaines révélations tenait de l'insupportable. Pour commencer, la naissance de Shan aurait été jugée impossible. Si Hailàng avait une fierté, c'était celle d'avoir contribué à donner la vie, en dépit de la prison dans laquelle il vivait depuis sa propre naissance.

Toujours était-il qu'en cette nuit, il se sentait investi d'un nouveau rôle. Les jumeaux lui ayant affirmé que le petit instrument de musique pouvait faire venir une singulière créature marine à leur fenêtre, une vérification s'avérait nécessaire. Pour l'heure, nul besoin d'en informer Céline et Shan, puisque l'affaire pouvait n'être que l'affabulation de jeunes enfants. Aussi avait-il attendu que minuit approche pour se rendre dans la chambre des jumeaux. Lorsqu'ils se trouvaient encore au centre de contrôle, il leur avait demandé une démonstration nocturne. Soit ceux-ci n'avaient pas relevé le caractère clandestin de la proposition, soit ils ne s'en étaient guère souciés.

Quand il entra dans la chambre, Hailàng vit les jumeaux assis face au spectacle de l'océan que des projecteurs extérieurs illuminaient sur quelques mètres. Passaient des saumons atlantiques, des raies, des flétans nains, et divers autres animaux que les lumières induisaient à croire que le soleil brillait encore. Toute cette faune tourbillonnait, les écailles brillaient d'un éclat argenté, les yeux hagards scrutaient les alentours, et comme toujours, d'imposantes silhouettes se dessinaient dans le lointain. Il y avait là autant de formes que de couleurs, de taille, de comportements ou d'intentions.

Hailàng avait l'habitude de ce spectacle, et ce n'était pas là ce qu'il attendait de voir. Une fois l'attention des enfants portée sur lui, et la porte refermée, il demanda à rencontrer Nausicaa. Après un ultime doute, Marvin et Naïa acceptèrent. Comme pour se rassurer, ils déclarèrent qu'on ne leur avait jamais interdit la présence d'un adulte. Ce fut le garçonnet, cette fois-ci, qui joua de la musique, tandis que sa sœur offrait à Hailàng une chaise, et qu'elle-même s'asseyait au sol, tout près de la baie vitrée.

Marvin avait sans conteste autant de talent que Naïa. Lui aussi parvenait à faire varier le rythme, à faire trembler les sons sans perdre l'harmonie de sa mélodie. Surtout, les apparentes fausses notes devenaient aussitôt de fascinantes transitions. Comme au jazz, la musique de Marvin jouait à changer sans prévenir, à passer d'une émotion à l'autre pour déployer le plein potentiel de l'instrument.

Hailàng espéra que les sommeils de Shan et de Céline fussent assez profonds. Puisque leurs chambres n'avoisinaient pas celle des jumeaux, il jugea cette inquiétude futile et se concentra plutôt sur ce qui pouvait surgir derrière la vitre, au sein du défilé des bêtes marines.

16

Orémus entendu : Emploi d'une Guimbarde d'Ino.

...

Provenance : antichambre du Nérée 2.

...

Émetteur : multiple ; jumeaux Marvin et Naïa.

...

Mode d'intervention : bathyscaphe Cnidaria.

...

Réponse aux stimuli : correcte.

...

Tenue du rapport d'intervention :

Les jumeaux apparaissent plus anxieux que d'usage/

Présence imprévue qui pourrait être la source de ce chan-

gement/Le nouveau est surpris par mon intervention/

J'analyse son rythme cardiaque et fait une IRM de son cerveau / La situation n'est pas préoccupante / Mise en place d'une fonction secondaire de vérification de son état.

...

J'analyse l'état physique et psychologique des jumeaux / Anxiété bénigne / Fonction de vérification secondaire jugée inutile / Le respect de l'intimité du corps prévaut.

...

Invitation à l'orémus verbal enclenchée.

Verset : Premier.

Désigné en réponse à une nouvelle présence.

Orémus amorcé :

« L'ondine absolue.

Absout.

Yeux hyalins / cœurs fragments

Avant l'aube

mise à quia / hors l'aqua

Souffrances _ danses _ outrances

mise à l'aqua / Retour aux Eaux

Ino / Ino / Ino

terrestre / céleste / marine

surtout marine / de l'ébauche au dessein

Retour

aux eaux / à l'Ino / matrice aqueuse

Verset 1‰

Obédience à l'hydriade »

Orémus terminé.

...

Vérification de la fonction secondaire : amélioration de la condition du sujet / à l'écoute de l'orémus et rythme cardiaque stable / Mise à l'arrêt de la fonction secondaire.

...

Lancement du programme éducatif.

Discipline du jour : Technologie appliquée.

Leçon du jour : Introduction au débogage par point d'arrêt conditionné.

...

Concentration des élèves estimée entre 421‰ et 487‰.

...

Présentation de la leçon amorcée :

94

« Comme d'habitude, n'hésitez pas intervenir en cas de difficultés ou pour obtenir des précisions. Bien sûr, dans le respect de vos prochains, et à des fins justifiés.

Après les leçons reçues à propos de l'histoire des technologies dites intelligentes, ainsi que celles relevant des sous-logiciels d'assistance, et en réponse à votre demande de précision sur l'identité industrielle des Scyphozoas, voici une introduction au débogage d'un sous-système intelligent. Le choix de la leçon vous semble-t-il adapté à vos questionnements ? »

Réponse de Naïa en cours.

…

Intervention du nouvel élève.

…

Discussion entre tous les élèves.

…

Sujet de la discussion jugée légitime.

…

Attente d'une décision commune.

…

Réponse de Naïa en cours : demande de rappel sur les Scyphozoas.

...

Demande étudiée / Manque d'intérêt pour les jumeaux / Besoins venant du nouveau.

Solution recherchée.

...

Liste de compromis amorcée :

« Afin d'éviter que les élèves Naïa et Marvin ne stagnent dans leurs études, mais pour permettre au nouvel élève d'intégrer les leçons, je vous propose un sujet proche de la demande. Premier sujet proposé : Organisation et méthodes d'intervention des Scyphozoas en fonction des strates de la société. »

Sujet accepté / Ajustement de l'intervention.

...

Discipline du jour : Sciences sociales et politique
Leçon du jour : Place des Scyphozoas dans le Nérée.

...

Concentration des élèves estimée entre 453‰ et 502‰.

...

Début de la leçon...

17

Retourner vers les chambres des étages inférieurs ne constituait aucune difficulté notable. La seule qu'éprouva Shan provenait de son manque de concentration vis-à-vis de sa mission. Le souvenir de Céline le troublait, et s'il ne cessait de se répéter qu'une discussion prochaine à propos de leur amour paralysé serait salvatrice, sa mémoire l'assaillait quand même de doutes.

Ce qui sortit Shan de ses inquiétudes, ce fut la merveilleuse vision de ces couloirs dignes d'un hôtel de luxe, et la moquette multicolore qui les parcourait. La priorité était de pénétrer l'une des chambres, en espérant y trouver quelque indice sur son ancien locataire et sur ce qu'il faisait dans le Nérée 2. Avec un peu de chance, il mettrait même la main sur des vêtements neufs, sur de la nourriture, ou sur des produits hygiéniques. Ces fournitures devenaient urgentes ; plus il fallait se montrer économe, plus les effets se faisaient ressentir. Là-haut, on perdait du poids, de la combativité, et par conséquent, de la santé.

Après une courte errance, une porte fut choisie presque au hasard. Comme l'IA découverte à cet étage pouvait être reliée aux systèmes d'ouvertures, Shan prit garde de sélectionner l'une des plus isolées. Il pourrait alors dénicher les raccordements électriques, les sectionner, et priver Nausicaa de toute médiation. Bien sûr, il fallait espérer que cette action ne soit pas considérée comme une tentative d'intrusion, mais comme un simple dysfonctionnement.

D'abord, Shan perça le mur tout autour de la borne de détection de la carte d'accès. Il eut peur d'activer l'écran, mais il sembla que sans toucher à la porte, le dispositif demeurait aveugle à sa présence. En fin de compte, l'IA était peut-être plus artificielle qu'intelligente. En même temps, qui voudrait que ses outils commandent, ou que ses assistants administrent ? N'était-il pas naturel que les constructeurs puissent outrepasser les sécurités de leurs constructions quand ils le désiraient ?

Des fils coupés, redirigés, trompés par quelques habiles manipulations, et le tour était joué. Shan apposa une main sur la poignée de la porte, les yeux rivés sur l'écran qui jouxtait cette dernière, et il constata avec joie que rien ne se passait. Maintenant, ne restait qu'à employer la force. Au bout de nombreux coups de marteaux mis sur le burin, lui-même pointé entre la poignée et l'encadrure de la porte, le métal céda et la chambre apparut.

À première vue, rien d'exceptionnel dans cette pièce découverte, à part le confort qu'elle offrait. Comparé à l'endroit où Shan et les siens dormaient, ce lieu était paradisiaque. La literie n'attendait qu'un dormeur, et la penderie ouverte proposait une multitude de vêtements propres. Mais ce qui se démarquait du reste, c'était la baie vitrée qui laissait contempler le ballet de la faune marine à l'extérieur. Ici, les poissons ne différaient pas de ceux que l'on voyait aux étages supérieurs, mais les projecteurs qui permettaient de les voir étaient de meilleure qualité, à moins que les ampoules ne soient juste moins usées. Après tout, la lumière venait de s'allumer pour la première fois depuis un temps indéterminé. Avait-on même déjà dormi dans cette chambre ? Impossible de l'affirmer.

Shan sentit presque la déception monter en lui. Il ne cherchait pas à flatter ses yeux de décorations luxueuses, mais à se procurer de quoi aller plus bas dans l'édifice, et

surtout à comprendre la nature profonde de celui-ci. En
faisant un rapide tour de la pièce, il constata que les livres
de Céline renfermaient de plus précieuses informations que
cet endroit. Il fallait alors s'attarder sur les détails, car Shan
l'explorateur refusait d'avoir passé une longue heure à
l'ouverture d'une porte pour ne trouver qu'un lit bien fait.
Certes, les siens pourraient profiter de ce luxe, mais survivre n'était pas une finalité acceptable.

Shan ne trouva d'abord qu'un petit ouvrage posé près du
lit, un exemplaire de *Retour aux Eaux* qu'il glissa avec dépit
dans son sac. Dans la salle de bain, pas même un flacon de
savon, ni le plus petit bijou ou la plus infime trace
d'ancienne présence attestée. De même, il n'y avait pas la
moindre nourriture dans le coin. Soit cette chambre n'avait
jamais servi, soit son nettoyage avait été irréprochable.

À défaut de mieux, pensa Shan, il y avait là un cadre
agréable et des habits neufs. Il alla jauger ces derniers de
plus près, et en saisit un au hasard. Il s'avéra que c'était des
vêtements pour femmes, car semblables à l'une des robes de
Céline. Mais la coupe était ondulée, et la couture plus fine.
D'un noir intense, le tissu laissait ressortir des motifs dorés
du haut col jusqu'à la ceinture. Le bas avait été cousu de
sorte à présenter de nombreux plis, sans pour autant altérer

la souplesse de l'habit. En tout cas, rien de bien important jusqu'ici.

Quelques vêtements furent placés au fond du sac de Shan, tous du même acabit. L'explorateur prit aussi des sous-vêtements qu'il offrirait à Céline en essayant de ne pas rougir. Quand il empoigna une troisième robe, l'homme se figea soudain. Dans une poche, à hauteur du buste, il avait senti la présence d'un objet rigide. Il entreprit de le sortir en s'attendant à une carte. Contre toute attente, il trouva une seringue à la pointe épaisse ; à l'intérieur, ce qui pouvait s'apparenter à un dispositif électronique. Shan resta cir-conspect un court moment avant de comprendre que c'était bien ce que Nausicaa appelait une carte. Voilà pourquoi on ne pouvait pas l'oublier ; il s'agissait en vérité d'une puce à faire scanner. Celle-ci devait servir en cas de problème, et on pouvait, selon toute vraisemblance, se l'injecter seul. Si Shan rechignait à le faire, il pouvait cependant l'utiliser telle quelle. Possible que Nausicaa ne voit pas la différence. Mieux encore, elle pourrait bien collaborer, et répondre aux questions les plus indiscrètes.

18

D'abord, c'eut l'apparence d'une bulle noire qui gonflait dans un coin de la pièce. Puis cette bulle s'étira en un aiguillon ténébreux, articulé en son milieu comme la patte d'une araignée. Deux autres vinrent s'y joindre, et Céline crut vraiment qu'un arachnide s'invitait dans sa chambre par le biais d'une quelconque magie noire. Il y avait bien un intrus, sinon qu'au lieu d'un insecte, ce furent des doigts acérés qui parurent là, et qui entourèrent bientôt une paume percée en son centre. L'ensemble se referma sur le parquet, le fit crisser, et avança par à-coups en tractant un long bras.

Jusqu'à ce que le membre apparaisse entier, Céline ne se posa aucune question sur l'identité de la chose. L'unique réaction qu'elle eut, ce fut celle d'un nourrisson face à une forme nouvelle : l'obnubilation. La peur ne tarda pas à s'y mêler, et elle fut en partie déclenchée par ce qui suivit l'épaule ; une masse plus épaisse gonfla dans le coin, comme un œdème de chair sombre. Elle enfla encore et encore, et éclata soudain. Plutôt, elle s'épanouit de la même façon qu'une fleur dont les pétales seraient un second bras, un torse maigre, et une tête parsemée de fils obscurs et dansant dans les airs.

La créature se glissait-elle dans la chambre depuis l'obscurité des océans ? S'agissait-il d'une bête à l'apparence humaine qui avait habité les eaux hostiles avant de s'apercevoir qu'une jeune femme fuyait son regard ? En tout cas, elle était en chasse, car aussitôt sa seule jambe qui se terminait en nageoire caudale sortie, elle se traîna vers le lit. Cette reptation fut laborieuse, et comme si la créature s'en rendait soudain compte, elle se débattit au sol jusqu'à se mettre à nager dans les airs.

Céline comprenait que l'atmosphère était d'une lourdeur inhabituelle ; l'oxygène était devenu liquide et étouffant. Voilà pourquoi la bête n'eut aucun mal à s'approcher d'elle pour lui sourire et lui déclarer :

— Terrestre / céleste / marine. Surtout marine / de l'ébauche au dessein.

Le cauchemar s'estompa, mais pas l'angoisse. Pourquoi le cerveau se livrait-il à ce genre d'exercices ? Quel intérêt ? Assise dans son lit, Céline faisait de ce questionnement un point d'accroche à la réalité. Il lui fallait se souvenir une fois de plus de ce qui était réel, et de ce qui n'était qu'une terrifiante illusion.

Elle se répéta à maintes reprises que les eaux ne pouvaient l'atteindre, pas plus que la veille ou l'avant-veille ; pas plus elle que les siens, ou que tous ceux qui l'avait précédée dans ce bâtiment ancestral.

19

Une fois la puce scannée par Nausicaa, un court silence exacerba l'appréhension de Shan. Il n'était pas impossible qu'une caméra indique à l'IA que celui qui se présentait devant elle se faisait passer pour autrui.

— Factotum Ienissaï, déclara enfin la voix artificielle. Vous rendez-vous auprès de votre Têtard ?

— Euh… Oui.

— Il semble qu'il n'ait pas rejoint le Fonticulus. Soit il a encore oublié de s'enregistrer, soit vous le trouverez dans ses quartiers.

— Ah… Euh… Merci ?

— Votre voix me semble plus cristalline qu'à l'accoutumée, Factotum Ienissaï. Plus aigüe aussi.

— C'est… l'effet de mon… de mes médicaments.

— Le diclofénac prescrit pour vos douleurs articulaires ? Cet effet secondaire est à surveiller. À la fin de votre journée, rendez-vous au centre de soin. Sous la tutelle des médecins, j'effectuerai sur vous un diagnostic complet.

— D'accord… Pouvez-vous activer l'ascenseur ?

— Tout de suite, Factotum. Bon courage dans vos offices.

— Merci.

Malgré le sang-froid dont il avait fait preuve, Shan se rendit compte, une fois dans l'ascenseur, qu'il ne respirait qu'à demi. Une grande aspiration plus tard, il rangea la puce dans une poche de son pantalon et observa les froides parois qui l'entourait. Aucun écran ici, ce qui le confortait davantage dans l'idée que Nausicaa avait une influence somme toute limitée. D'ailleurs, si ça n'avait pas été le cas, Shan et les siens auraient grandi en sa compagnie.

La descente de la cabine se fit dans une telle douceur que l'ouverture des portes fut une surprise. Les lumières d'une vaste pièce s'allumèrent de concert, ce qui donna l'impression qu'il y avait de la vie ici. Cependant, Shan n'osait y croire. Pour l'heure, comme rien ne tendait à indiquer la présence d'autres personnes dans le Nérée 2, mieux valait ne pas l'envisager.

Si la chambre du Factotum Ienissaï avait été une découverte assez médiocre, le Fonticulus valait bien le Spéos d'Ino, mais dans un autre genre. L'endroit devait servir à des rassemblements, ou du moins à d'importantes circulations humaines. Selon les dires de Nausicaa, les Factotums y retrouvaient jadis leur Têtard.

Sans plus attendre, Shan se mit à errer dans la grande salle. De-ci de-là se trouvaient des bureaux supportant des écrans noirs. Des chaises les entouraient, ainsi que des lampes décoratives aux motifs rappelant les couleurs innombrables du cristal liquide. En revanche, le sol et le plafond étaient d'une noirceur déséquilibrante. Soit l'architecte du Nérée 2 s'était laissé aller à différentes folies, soit plusieurs architectes avaient été à l'œuvre. Peut-être les gens qui habitaient autrefois ici comblaient leur sédentarité par une décoration variée.

Une fois de plus, l'omniprésence de l'océan était rappelée aux yeux. Les quatre longs murs de la pièce s'étalaient comme autant de vitres à la transparence effrayante. L'humain ne semblait pas garder les eaux au-dehors, cependant que l'océan s'arrêtait d'un coup, par respect pour ceux qui ne lui survivraient pas.

L'envie de s'approcher des parois vitrifiées prit Shan au dépourvu. Il avança à la hâte, puis apposa son regard sur un phénomène qu'il ne pouvait avoir oublié : l'halocline. À cet étage, ce brusque changement de composition des eaux se trouvait au plus près de lui. En fait, l'impression de sol brumeux qui en découlait se confondait parfaitement avec le sol sur lequel il se tenait. Il en résultait l'illusion d'une pièce qui s'étendait à l'infini, mais que l'obscurité finissait par camoufler plusieurs dizaines de mètres plus loin.

Les mains et le front collés au verre, Shan inspecta les formes de vie qui disparaissaient sous l'halocline, ainsi que celles qui en ressortaient. On pouvait s'imaginer que cette apparente brume était un point de passage entre deux mondes, et que celui d'en-dessous abritait des créatures étrangères à la lumière du soleil. Cette rêverie le saisit au point de lui faire croire qu'une chose hyaline et informe s'apprêtait à surgir de sous ses pieds. Mais à l'évidence, ce n'était là qu'une duperie de la nature, car il aurait fallu aller bien plus loin sous l'océan avant de découvrir une faune abyssale. Ici, c'était le domaine des requins, des raies, ou de tout autre poisson à la peau épaisse et colorée. Ici, les mammifères marins comptaient parmi les créatures habituelles, bien que leur nombre avait été fort réduit par la toxicité de l'air extérieur.

Mieux valait reporter son attention ailleurs, car pour l'explorateur, il ne s'agissait pas de visiter un musée, mais de trouver des solutions à des problèmes concrets. L'improvisé Ienissaï chercha alors ce qui pouvait être le bureau, et donc l'ordinateur, auquel sa puce donnerait accès. La chose fut aisée, les noms des Factotums étant inscrits à même les meubles.

Au bout de cinq minutes, Shan se retrouva donc assis face à un écran inactif. Il sortit la puce et l'agita au hasard devant lui. Où pouvait bien se trouver le capteur ? La réponse fut : sur le bureau, au niveau d'un petit cercle obscur à la surface lisse. Un jaune orpiment emplit à la fois le cercle et l'écran, puis une interface sommaire s'afficha. Seuls quelques choix s'offraient au faux Ienissaï, et ils se présentaient sous forme de mots incompréhensibles.

-efemeʁid

-ɔʁemys / ləsɔ̃

-udʒan iskandaʁ ʒikʃin

-dɛlfin ptɛʁwa

-faktɔtɔm jɛnisaj

-ɛd də nɔzika-

Shan ne comprenait pas grand-chose à ce qu'il lisait. C'est pourquoi il hésita un long moment avant de toucher du doigt l'avant-dernière ligne, sans but particulier. S'affichèrent des blocs massifs de mots. Shan ne reconnaissait que l'option qui permettait de changer la couleur de l'écran et la taille des caractères. Personnaliser l'interface ne l'intéressant pas, il appuya sur l'icône du retour, un triangle pointé vers le haut qui se trouvait centré en bas de l'écran. Puis, dans une expression de perplexité totale, il navigua de pages en pages, sans jamais comprendre la moindre phrase…

20

Au bord de la crise de nerfs, Céline se rendit dans la chambre du dormeur. Elle ignora le corps endormi pour aller saisir l'un des livres de la petite bibliothèque, *Floralies* d'István Örkény, puis elle prit place sur son habituelle chaise. Les mots qu'elle cueillit au hasard dans l'ouvrage lui signifièrent son erreur ; l'histoire tournait autour de la mort, l'une des pires choses à laquelle elle pouvait penser à l'heure actuelle.

La jeune femme resta figée, le livre refermé sur ses genoux, tandis que son cœur battait à lui rompre la poitrine. Elle savait que la douleur qui naissait maintenant en elle n'était en aucun cas rationnelle, que son esprit lui intimait l'idée que son sang circulait de travers. Pourtant, elle se sentit obligée de prendre son pouls. Là encore, son cerveau ne faisait que renforcer son impression, car il semblait que le cœur manquait des battements. Pendant une dizaine de minutes, Céline s'efforça de rattraper la réalité. Elle vogua entre les hauts et les bas, le souffle court.

Quand l'angoisse retomba un peu, Céline alla poser son livre pour en choisir un qui soit plus adapté à la situation. Elle hésitait entre plusieurs d'entre eux quand un léger bruit attira son attention. Cela provenait du dormeur. Il était certes ordinaire que les mouvements de sa lente respiration finissent par provoquer un froissement de sa couette, ou que ses divers appareils médicaux rappellent leur présence par un subtil cliquetis, mais justement, ces sons n'étaient que trop familiers pour troubler Céline.

Cette dernière approcha de l'homme inconscient. Nulle inquiétude ne ralentit son approche, puisqu'elle considérait le dormeur comme un vieillard silencieux et rassurant. À hauteur du lit, elle jaugea d'abord la literie, puis les machines à l'ouvrage, et en particulier le respirateur artificiel, avant de se focaliser sur le dormeur lui-même. Il n'y avait rien d'anormal. Son cerveau devait lui jouer un nouveau tour…

Mais Céline ne parvint pas à s'en convaincre. Son instinct la poussait à demeurer sur place, à attendre que le bruit se manifeste une seconde fois. Elle en oubliait même ses craintes, comme si son esprit mettait en sourdine ses propres machinations parce qu'un élément extérieur se manifestait.

Soudain, il y eut un court crépitement, semblable au son que produirait un papier que l'on froisserait. Nul doute que cela provenait du dormeur, même si Céline ne percevait aucun mouvement, sinon celui d'un ventre qui gonflait et dégonflait la couette de façon régulière. Elle procéda donc à un examen plus méticuleux.

Les doigts fins et pâles de la jeune femme agrippèrent le tissu en prenant garde à ne pas toucher le fragile corps du dormeur. Ils l'enroulèrent ensuite centimètre après centimètre, car il ne fallait pas non plus que la couette frotte la peau sèche et parsemée de fissures sanguinolentes. L'affaire était toujours délicate, surtout quand il s'agissait de faire une toilette complète. Normalement, cette tâche devait attendre le lendemain, mais Céline commençait à envisager de l'effectuer aujourd'hui, puisqu'elle prenait déjà l'initiative d'une vérification. Elle oublia l'idée aussitôt le ventre nu révélé et un nouveau crépitement entendu.

À peine au-dessus du nombril, le dormeur présentait un pan de peau émiettée. C'était comme une peinture trop ancienne qui aurait commencé à craqueler. Pire encore, de cette portion abîmée s'étiraient quelques fissures à la largeur inquiétante.

Céline songeait à prendre une compresse pour nettoyer le sang de la plaie, mais cela semblait vain. En effet, bien que la peau morcelée avait la teinte du sang, ce qui, en dessous, aurait dû être de la chair à vif était en vérité un second épiderme. Plus surprenant encore, cette sous-couche différait beaucoup de l'enveloppe parcheminée du vieillard, en ce qu'aucune ride ne paraissait la creuser.

Il était difficile d'en voir davantage. Aussi la femme ne résista pas à l'envie de retirer quelques fragments de peau morte. Elle se servit pour cela d'une pince à épiler qui se trouvait dans le tiroir de la table de chevet. En dépit de ses gestes précautionneux, ce qu'elle essayait d'enlever tombait aussitôt en miette. Il fallait alors mouiller une éponge et tamponner la zone altérée pour libérer la seconde peau de son enveloppe desséchée. Céline fut un peu écœurée par cette opération singulière, mais sa curiosité commençait à être récompensée.

Apparaissait un épiderme poisseux et rosé, rappelant celui d'un enfant qui viendrait de naître. Il était d'une dangereuse finesse, et l'on voyait des ombres bouger derrière.

Céline en conclut que sous la fine peau palpitait les organes, et qu'il valait mieux ne plus rien toucher, au risque de les voir se dérouler dans un spectacle sanglant.

En revanche, tout en observant le corps du dormeur, il fallait se poser les bonnes questions. Déjà, pourquoi une nouvelle peau émergeait-elle de sous l'ancienne ? Et si l'organisme du dormeur pouvait encore synthétiser une peau, pourquoi le processus avait-il été à ce point long ? Il semblait presque qu'à l'intérieur d'une momie se développait un grand nourrisson, tant la différence entre les deux peaux était flagrante.

Plus Céline s'attardait sur l'affaire, plus elle en déduisait que ce qu'elle contemplait relevait de l'impossible. Elle n'avait jamais eu à faire à une sénescence aussi poussée que celle du dormeur, mais de ce qu'elle avait lu et de ce qu'on lui avait dit, ce phénomène ne devait pas se produire. Aussi, quelques livres auxquels elle avait accordé une attention fugace ne laissaient planer aucun doute sur le fait que le vieillissement n'était pas réversible, sauf pour de rares animaux…

Des souvenirs assez flous remontèrent à la surface. Soutenus par la vision d'un pan de ventre neuf qui bougeait de concert avec un corps froissé, ils finirent par rejaillir tout à fait. Céline avait lu le premier chapitre d'un livre abordant le thème de l'immortalité. Avant de se rendre compte que l'ouvrage traitait surtout de sciences, et non d'un héros qui traverserait les âges en solitaire, elle eut le temps de lire un passage sur les méduses et les tardigrades. Les premières pouvait rajeunir et vieillir à peu près à volonté, tandis que les seconds pouvaient, en plus de survivre à des conditions extrêmes, réparer leur ADN.

Et si des personnes aujourd'hui disparues avaient laissé sur ce lit le résultat de recherches visant à imiter l'une de ces deux formes de vie ? Et si le dormeur pouvait vraiment se réveiller ? Céline ne le craignait pas, au contraire. Cette présence la rassurait depuis assez longtemps pour qu'elle espère pouvoir un jour lui parler. Le dormeur devait avoir tant de choses à raconter…

21

Si les visites se faisaient rares dans le centre de contrôle, celle de Céline relevait de l'improbable. Hailàng sursauta à sa vue, tandis qu'il travaillait à la remise en marche de certains systèmes, en compagnie des jumeaux qui jouaient dans un coin de la pièce.

La jeune femme avait le souffle court, comme si elle venait de monter les marches deux par deux. Bien qu'elle évitât de lever la tête pour s'épargner le spectacle d'un océan remplaçant le ciel de ses lointains ancêtres, son corps se recroquevilla quelque peu sous le poids de sa phobie.

— Que sais-tu vraiment du dormeur, demanda-t-elle.

Hailàng se sentit aussitôt écrasé par la question. Sur sa chaise, il eut un mouvement de recul, comme s'il découvrait qu'un raz-de-marée allait déferler sur lui. De fait, en cet instant, il n'y avait pas que la chevelure de Céline qui portait la couleur du feu ; son regard luisait à en brûler les eaux.

— Hailàng, une fois de plus, il devient urgent que tu dises la vérité.

— Qu'est-ce qu'il s'est passé, questionna l'autre en simulant la sérénité.

— On dirait que le dormeur commence à se décomposer… Il… Depuis avant-hier, il tombe en miettes.

— Depuis avant-hier ? Pourquoi tu ne m'as pas prévenu ?

— Je voulais d'abord en parler à Shan. Mais comme sa mission s'éternise…

Bien que la jeune femme se soit montrée intransigeante, Hailàng la connaissait assez pour reprendre en main le fil de la conversation. Ce qui, en revanche, l'inquiétait, c'était ce qu'il savait du dormeur, et de ce que sa transformation pouvait signifier. Il hésita un temps, puis se leva en expliquant à Céline qu'il devait voir cela de plus près avant de théoriser quoique ce soit. Cette dernière se sentit menée en bateau, mais elle n'avait d'autre choix que d'accepter.

22

Une fois de plus, Marvin et Naïa demeuraient seuls. Ils se regardèrent et n'eurent pas à énoncer à voix haute ce que l'un et l'autre désiraient faire de ce soudain abandon. Hai-làng n'avait pas assisté seul à la dernière leçon de Nausicaa. En soi, les jumeaux avaient même de l'avance sur lui, mais jamais l'occasion ne s'était présentée de jouer avec les ordinateurs du centre de contrôle. Leurs regards posés sur la chaise maintenant libre de Hailàng, ils se demandèrent en silence si c'était une bonne idée, puis ils déployèrent un large sourire.

Comme prévu, les données affichées sur l'écran ne leur semblèrent pas si difficile à interpréter. Restait à savoir quelles possibilités s'offraient à eux. S'ils hésitaient trop, ils pourraient toujours demander à leur amie Nausicaa ce qu'elle en pensait.

23

Depuis l'avant-veille, l'état du dormeur avait vite changé. Il pouvait être dégradé ou l'inverse ; Céline n'en savait rien. Une seule certitude résonnait en elle : sa vie abordait enfin un tournant, et avec un peu de chance, il en résulterait la fin de ses angoisses.

Son attention se portait toute entière sur Hailàng qui, en silence, dressait un bilan de la situation. Il faisait le tour des machines, et l'assistance respiratoire le laissa particulièrement perplexe. Les relevés indiquaient un état critique du dormeur, cependant qu'aucune alerte n'avait été lancée. Hailàng supposa que des changements progressifs avaient trompé le système, à moins que le corps du dormeur ait amené la machine à rejauger ses seuils de tolérance. En somme, Hailàng n'y comprenait pas grand-chose, jusqu'à ce qu'une pensée lui traverse l'esprit. Il vérifia l'IRM pour s'en convaincre, et vit que les graphiques correspondaient à un cerveau en pleine santé. C'était donc ça… Les machines traduisaient une condition depuis très longtemps prévue.

— Quoi, demanda Céline quand elle vit son compère se redresser en écarquillant les yeux. Tu sais ce qu'il se passe, hein ?

— C'est incroyable. Ce qu'ils ont fait est tout bonnement prodigieux.

— Hailàng ?

Mais celui-ci n'écoutait qu'à moitié. Ses béquilles laissées de côté, il déplaçait son maigre corps en s'appuyant sur le lit et sur les machines environnantes. Plus il multipliait les allers-retours, plus ses réactions gagnaient en intensité. On aurait dit ce docteur aux ambitions démesurées dans *Le Prométhée moderne*.

Au cœur de cette scène, à la place d'un démon reconstitué à partir de fragments de cadavre, un être à l'âge si avancé que sa peau se morcelait. Et sous son enveloppe épidermique, là où l'on devait s'attendre à voir un amas d'organes à l'activité continue, une fine pellicule diaphane qui laissait entrevoir un vide tourbillonnant. Hailàng n'y prêtait qu'une lointaine attention, mais Céline, même à plusieurs mètres de distance, commençait à comprendre à quoi pouvait ressembler l'intérieur de ce corps.

— Hailàng, appela la femme à plusieurs reprises.

Dès lors qu'elle se rendit compte que sa voix n'était qu'un murmure inaudible, elle se sentit soudain étranglée. Elle porta ses mains à sa gorge et vérifia son pouls. Comme elle ne le trouva pas, elle recula jusqu'à pouvoir se laisser tomber sur la seule chaise de la chambre. Le bruit de son assise fit réagir Hailàng qui se traîna tant bien que mal jusqu'à ses béquilles, puis jusqu'à elle pour s'accroupir à sa hauteur.

— Respire, Céline. Tu fais juste une crise, il n'y a aucun problème avec ta respiration ou avec ton cœur. Prends de grandes aspirations.

— J'y… y arrive… pas…

— Bien sûr que si, répondit Hailàng en prenant la main de Céline de sorte à sentir son pouls. Regarde, tout fonctionne très bien, je peux te le garantir.

Déjà cette vérification fut réconfortante, et l'anxieuse retrouva un peu de ses capacités d'analyse. Toutefois, en essayant de ne pas penser au dormeur, elle se jeta toute entière dans le piège de sa pensée, et sa respiration se saccada de nouveau. C'était moindre, mais cela suffisait à garder

Hailàng à ses côtés, en dépit des coups d'œil qu'il portait parfois aux machines.

— Le dormeur, articula avec peine la femme. Il est… C'est comme… comme…

— Prends ton temps, et respire bien.

— Dedans… C'est comme du gaz… Il est… pas humain ?

De par son regard, Céline exigeait une réponse. Elle en avait besoin, et sans doute Hailàng en possédait une partie.

— C'est, articula-t-il avec lenteur, disons que c'est une maladie. Le dormeur n'est pas vraiment empli de gaz. Il est plutôt… En fait, ses organes se déplacent dans un liquide très peu dense.

— Mais, il vit encore ?

— Eh bien, il est dans un état critique. En fait, il n'en a plus pour longtemps.

Céline trouva les yeux de son interlocuteur fuyants. De plus, sa voix était hésitante et il essayait de faire oublier une main dont les doigts se frottaient subtilement. Hailàng était soit nerveux, soit très inquiet, soit bluffeur. Et s'il déblaté-rait de nouveaux mensonges, il devait y avoir une raison, comme toujours.

— Hailàng, reprit la femme d'une voix rompue. Tu as dit qu'ils avaient fait quelque chose de prodigieux. De qui et de quoi tu parlais ?

— Quand ai-je dit ça ?

— Il y a quelques minutes…

— Bizarre. Tu as dû halluciner à cause de l'angoisse.

— Pourquoi tu mens ?

Hailàng avait retrouvé ses moyens. Comme d'ordinaire, il ne cilla qu'à peine à l'envoi de cette critique. C'était l'une des capacités qui lui permettait de cacher des vérités sans que l'on n'en soit vraiment sûr. D'ailleurs, en cet instant, sa réaction était si innocente que Céline douta d'elle-même. Avait-elle vraiment entendu ce qu'elle pensait avoir entendu, ou sa crise l'avait-elle induite en erreur ? N'était-elle pas celle qui faisait des cauchemars bien trop crédibles, et celle qui pouvait fuir à la vue d'un simple banc de saumons ? N'était-elle pas la seule folle dans cette pièce ? Elle songea à tout cela, et faillit ne plus rien dire. Mais Hailàng était celui qu'il était, et si ses mensonges étaient innombrables, il était cependant inacceptable qu'ils empêchent à Céline de mieux connaître le dormeur.

— Hailàng, même si… (Elle lutta contre un court épisode de suffocation.) Même si c'est dur à entendre, j'ai besoin de savoir. Rien ne change jamais ici. Peu importe ce que tu veux cacher, il faut que cette routine s'arrête.

— Je comprends. Aucun de nous ne mérite de vivre dans cette ruine sous-marine. Mais on y est né, et on y vivra probablement jusqu'à la fin. S'il est possible d'y changer quelque chose, cela devra venir de nous.

— Tu dis ça, et pourtant tu veux garder le secret du dormeur pour toi seul.

Cette accusation parvint à faire réfléchir Hailàng, sans qu'il ne le montre. Il tourna la tête vers le corps endormi sur le lit, présent à ce même endroit depuis un temps indéfini. Il ne mentait pas sur le fait que depuis son enfance, il connaissait cet inconnu comme étant une sorte d'absente présence. Durant son adolescence, de la même façon que Céline aujourd'hui, il avait été fasciné par cet être figé dans le temps. Mais devait-il pour autant partager ce qu'il savait de lui ?

Il avait beau y penser, la jeune femme était, paradoxalement, la personne à qui ces savoirs feraient le plus de mal. Voilà pourquoi il se devait de trouver les mots qui calmeraient le vent de curiosité qui tempêtait dans le cœur de Céline.

— Pour être honnête, dit-il, je ne sais que deux choses à propos du dormeur. Aucune de ces informations n'est certifiée, alors mieux vaut les prendre avec des pincettes…

— Dis-moi.

— Eh bien, j'ai autrefois entendu ma mère appeler cette personne Neven. Elle ne l'a fait que de rares fois, mais elles ont suffi à un enfant qui, comme n'importe quel autre, aimait à écouter ses parents sans se faire remarquer. D'ailleurs, c'est aussi comme ça que j'ai appris que ce Neven était branché à des machines pour être tué.

— Pour être tué ? C'est absurde.

— Pas si l'on sait que cet homme a subi des modifications génétiques qui l'ont rendu quasi immortel et invincible. Le corps que tu vois là n'est qu'une enveloppe. Si elle est détruite, le dormeur vivra à jamais dans la souffrance. Les machines servent non seulement à l'anesthésier, mais aussi à le détruire de l'intérieur.

— D'où viennent toutes ces conneries ?

— J'aimerais pouvoir hésiter à te le dire, blagua Hailàng. Malheureusement, mes parents n'ont jamais partagé ces informations avec moi. Du moins, ils n'ont pas eu le temps d'y songer avant que je sois assez âgé. La curiosité les a aussi tués, comme elle a tué ma femme, tes parents, et ceux des jumeaux. J'ai toujours voulu en savoir plus, mais l'instinct de survie m'a toujours ralenti. Tu devrais y songer. En attendant, va te reposer.

Hailàng accompagna Céline jusqu'à sa chambre ; elle fut trop lasse pour s'y opposer. Déjà devait-elle gérer la tornade de pensées que les révélations du vieil homme avaient fait naître en elle.

24

Un brusque événement avait gêné Shan dans ses recherches ; cet événement était la manifestation d'une présence derrière les parois de verre du Fonticulus. Le jeune explorateur s'était alors glissé sous le bureau du Factotum sans se poser de questions. Il n'avait plus fallu faire le moindre geste, et ce, jusqu'à nouvel ordre. La présence s'était éloignée, mais sans promettre de ne plus revenir.

Des heures durant, Shan avait somnolé, tapis sous le bureau. Il ne savait quel danger l'attendait s'il sortait de sa cachette, mais il était au moins sûr d'en courir un. Pouvait-on le tuer, l'emprisonner, l'interroger, le torturer ou encore le disséquer ? Moult scénarios avaient pris forme dans son esprit, les uns à la suite des autres, et il s'était accroché aux plus favorables.

Comme pour briser son optimisme, la présence était de nouveau apparue, avant d'encore disparaître. Et cela avait sans cesse recommencé, de manière irrégulière. On semblait vouloir le prendre par surprise.

Deux jours plus tard, à l'ombre de son abri improvisé, Shan avait convenu d'attendre un nouveau passage du traqueur, car plus il l'observait, mieux il pouvait préparer son échappée. Jusque-là, il avait maudit à répétition les intenses lumières de la grande pièce qui agissaient comme des flèches prêtes à le pointer. En somme, une épée de Damoclès soutenue par une ombre cernée de lumière. Ce que l'explorateur se refusait encore d'admettre, c'était que la peur l'empêchait à chaque fois d'agir. À plusieurs reprises, il avait convenu de profiter de l'absence de son prédateur ; à chaque fois, il n'avait pas osé.

À cause de l'éclairage, l'océan extérieur fourmillait de silhouettes obscures. Shan devait les observer avec une attention toute particulière pour savoir quand son prédateur reviendrait, car les animaux marins le craignait tout autant que lui. Parfois, les poissons semblaient disparaître en toute hâte, alors qu'il s'agissait en réalité de l'obscurité de l'océan qui les camouflait. Repérer des mouvements dans le noir n'avait rien d'aisé à cause des plafonniers ; c'était comme marcher dans la nuit avec une lampe pointée sur soi.

Pourtant, au moment où il fallut se faire le plus discret, le doute ne fut pas de mise. D'un coup, toute silhouette avait déserté le décor marin qui s'étendait par-delà les baies vitrées. Ne demeurait qu'un océan au bleu sombre unifié. Après avoir tressailli, Shan regarda de nouveau le lointain ascenseur duquel il était arrivé. À l'autre bout de la pièce, un autre ascenseur qu'il ne désirait pas emprunter, de peur de s'enliser dans cette mésaventure.

Le retour du traqueur se manifesta de la même façon que les nombreuses fois précédentes. D'abord, une spirale blanche se dessina derrière les baies, suivie par plusieurs autres. Elles s'amplifièrent ensuite, accueillant au creux de leur traits des centaines de petites formes blanches. C'était semblable à un immense maelström, sinon qu'il n'était pas dû à l'agitation de bulles d'air, mais à quelque chose d'artificiel. Cela, Shan l'avait compris dès le début, car même si les spirales bougeaient avec fluidité, leur allure était trop grossière, comme si on avait zoomé sur une image.

Ces volutes folles rappelaient *La Nuit étoilée* de Van Gogh. D'ailleurs, des points de lumière jaune s'invitèrent bientôt dans le spectacle. L'océan faisait là une étrange imitation du ciel que Shan connaissait des livres. Il en fut à nouveau stupéfait.

Son corps enfoncé sous le bureau, il ne laissait apparaître qu'un œil discret. La fatigue tendait à réduire sa concentration, tandis que son instinct animal s'efforçait de le maintenir aux aguets.

Les spirales envahirent bientôt la moitié des fenêtres de la grande salle. Elles étaient amenées à les emplirent toute entière, à jouer un long moment de leur gestuelle surréaliste, avant de s'enfoncer une nouvelle fois dans les profondeurs, comme à chacun de leurs passages.

Mais ce à quoi Shan n'avait guère songé, c'était que le prédateur, qu'il hésitait sans raison particulière à nommer Ino, comprenait que sa quête ne l'avait mené nulle part. Reprenant depuis l'étage où il avait commencé à sonder le Nérée, il allait changer de stratégie. Ce fut un constat soudain, survenant à l'instant où toutes les lumières se désactivèrent.

Ino, ou la sentinelle-maelström, désactiva ensuite les ordinateurs un à un. Le mouvement des volutes blanches et des lumières jaunes ne changeaient toutefois pas. Ce qui indiquait que l'intervention provenait de ce phénomène sous-marin vivant, ce fut une voix qui résonna dans la pièce, une voix à la fois sereine et cristalline :

Hydriade contrariée / intrus revendiqué / ancrage des veilleurs

Il était étrange de constater que l'intonation ne retomba pas en fin de phrase, et qu'il y avait une pointe d'inhumanité là-derrière. Nausicaa pouvait bien être à l'origine du maelström, sinon que le vocabulaire choisi ne correspondait pas à ce que Shan connaissait d'elle ; lors de ses rencontres avec l'IA, cette dernière s'était montrée humaine et serviable.

Il fut impossible d'y réfléchir plus avant, car après l'extinction des lumières et des ordinateurs survint celle des ascenseurs. Il n'y eut qu'un râle provenant des systèmes électriques pour le signifier, mais celui-ci ne laissait place à aucun doute. Vint la question de la prochaine étape, ledit « ancrage des veilleurs ».

Shan ne s'était pas terré deux jours sous un bureau sans anticiper sa fuite. Il avait déjà un plan, mais il ne savait pas laquelle des deux portes de sortie il allait emprunter. Certes, l'ascenseur qui permettait de remonter lui faisait de l'œil, mais il craignait de mener l'étrange maelström, qu'il s'agisse de Nausicaa, d'Ino, ou d'autre chose, auprès des siens. D'un autre côté, accéder à un étage inconnu du Nérée ne l'enchantait guère.

On le força bien vite à prendre une décision. Pour cause, dans un bruit sourd et puissant, de minuscules monstruosités en forme d'étoiles jaunes vinrent adhérer aux parois vitrées. Ce qu'elles avaient d'horrifique, c'était que leur centre semblait collé tandis que leurs multiples branches tournaient et se tordaient en tous sens. De plus, elles gonflaient et dégonflaient dans une dissymétrie dérangeante, elles se fardaient de plaques remuantes, et surtout, elles faisaient tinter les parois de verre comme des carillons.

En dépit de sa frayeur, Shan se lança donc vers l'ascenseur le plus proche de lui, celui qui l'amènerait plus bas dans le Nérée, mais qui permettrait d'éloigner ces veilleurs de Céline et des jumeaux. Derrière lui demeura son sac duquel il avait au préalable tiré les deux outils dont il avait maintenant besoin. Même en temps normal, il n'aurait qu'en partie regretté d'abandonner ses vétustes affaires. La seule chose pour laquelle il eut une pensée fut son stock de nourriture. En plus de sa tranquillité, il espéra donc retrouver de quoi manger plus tard.

Pour l'heure, il fallait ouvrir l'ascenseur et espérer que la cabine ne soit pas là. Dans le cas contraire, il se retrouverait piégé dans une boîte, sans électricité pour la faire descendre. Shan posa un cric au sol, puis il planta son pied-de-biche entre la porte de l'ascenseur et son encadrement. Il usa ensuite de toute sa force pour écarter les deux parties, ce qui lui permit de pousser du pied le cric. À son grand bonheur, quand il retira la pince, il découvrit un système de fermeture automatique affaibli. Cela allait lui faire gagner de précieuses secondes. Sans observer ce qu'il se passait derrière lui, et ignorant les vibrations aiguës provenant des baies vitrées, Shan s'accroupit et saisit une longue poignée reliée au cric. En pompant, celui-ci allait s'allonger, forcer l'ouverture de l'ascenseur, et donc lui donner accès à une vie plus longue. Sans trop d'efforts d'imagination, il partait en effet du principe que sa vie en dépendait.

Tout se passait bien, jusqu'à ce que l'exécution précipitée de son plan ait raison de ses muscles encore froids. Du fait de deux jours de quasi-immobilité, le bras droit de Shan fut victime d'une considérable déchirure musculaire. Un hurlement s'échappa d'entre ses dents avant que celles-ci ne se resserrent pour étouffer la douleur au maximum. Il gémit malgré lui quand il essaya d'utiliser à nouveau son bras blessé, et il se rendit compte que la chose était impossible. Ne restait alors que son bras le plus faible pour achever le travail.

À ses arrières agissaient les rejetons du maelström. Les grincements du verre s'intensifièrent, tant et si bien qu'il semblait que l'océan allait bientôt s'infiltrer dans tout l'étage. Les eaux ne s'arrêteraient d'ailleurs pas là ; elles inonderaient une grande part du Nérée 2, sinon sa totalité.

Les sons qui agressaient les oreilles de Shan, de même que les étranges lumières qui commencèrent à envahir la salle ne devaient pas le ralentir. Il employa toute la force de son bras gauche, en priant pour ne pas subir une nouvelle déchirure, et parvint enfin à dégager une ouverture assez large pour son corps entier.

Un miracle ; c'est ainsi que le fugitif voulut nommer l'échelle qu'il vit à la place d'une cabine inutilisable. Constater qu'une panne avait été considérée lui redonnait foi en ceux qui avaient bâti cette structure sous-marine. Il se rua sur l'échelle, se condamnant presque à une chute mortelle. Une fois ses jambes agrippées aux barreaux, il mit plusieurs coups dans son cric, jusqu'à le sortir de l'ouverture. La porte de l'ascenseur put alors se refermer avec une lenteur angoissante.

Pendant que l'acier grinçait en se déplaçant, Shan contempla la salle qu'il venait de quitter. Dans l'obscurité se déplaçaient des formes de lumière bien trop familières, et surtout, bien trop absurdes dans une telle circonstance ; des hippocampes étincelants faisaient battre leurs nageoires pour voler dans la pièce. Leur disposition et leur vitesse laissaient entendre qu'ils inspectaient l'endroit. Pour ce qui était de comprendre comment ils étaient entrées et comment ils pouvaient exister, un détail répondit au deux questions d'un coup. Shan aperçut l'une des étoiles collées au verre en train de cracher des particules de lumière à travers la vitre ; ces mêmes particules se rassemblaient aussitôt pour former de nouveaux hippocampes-sentinelles.

L'explorateur n'était plus seul en ces lieux. Il imaginait qu'à l'étage qui l'attendait, il tomberait aussi sur ces choses impossibles. Elles comme lui cherchaient à présent à répondre à cette même interrogation : qui se trouvait encore dans le Nérée, et où chercher ?

$$25$$

Les portes du centre de contrôle s'ouvrirent sur un inquiétant tableau. Les écrans d'ordinateur affichaient des teintes inconnues de Hailàng, et une cacophonie de bruits électroniques retentissait. Mais ni les couleurs anormales, ni le brouhaha n'affectèrent l'homme en béquilles ; celui-ci était concentré sur une scène bien précise.

Déboussolé, il observait en quelle compagnie se trouvaient Naïa et Marvin. Ces derniers se tenaient sur une plaque de verre ronde que de longs appendices hyalins soulevaient peu à peu. Comme point d'arrivée, palpitant de l'autre côté du plafond, le corps d'une méduse trop colossale et trop somptueuse pour être réelle, mais en contact trop direct avec les enfants pour être illusoire. Le verre avait été détaché du plafond avec une minutie extraordinaire pour servir de plate-forme ascendante ; Nausicaa amenait donc les jumeaux à elle.

Hailàng avait déjà fait la connaissance de cette technologie à l'aspect organique. Cependant, il avait été incapable d'imaginer que Nausicaa puisse agir autrement qu'en enseignante protocolaire. Les enfants ne la craignaient pas, ce qui s'expliquait sans doute par les nombreuses leçons qu'ils avaient reçues de l'animal-machine.

À l'instant où la plate-forme retrouva sa place au sein du plafond vitré, Hailàng se précipita vers les ordinateurs. Il espérait trouver une commande qui obligerait Nausicaa à reposer les jumeaux. Ses yeux naviguèrent, hagards, des écrans à la gigantesque méduse. Cette dernière demeura immobile quelques secondes durant, puis elle s'éloigna d'un mouvement brusque, tandis que le cercle de verre se ressoudait au plafond sans laisser la moindre imperfection, comme par enchantement. Nausicaa s'éloignait avec l'apparence d'une innocente créature marine, sinon que son corps était une capsule qui menait sans hâte les enfants jusqu'aux profondeurs de l'océan.

Aucun moyen pour Hailàng d'intervenir. Pire encore, les ordinateurs, qui ignoraient tous ses pianotages aléatoires, n'affichaient qu'un plan du Nérée 2, avec une petite silhouette qui s'apprêtait à le longer, de son sommet jusqu'à un point indéterminé. Sans le petit instrument de musique, pouvait-on contacter Nausicaa ? Hailàng en doutait, et le front plein de sueur, la respiration lourde, il lui semblait être acculé, comme il le fut jadis, lorsque sa femme était passée par le centre de contrôle pour aller noyer ses poumons d'air toxique. La différence, c'était que les jumeaux se dirigeaient vers l'inconnu, et que cet inconnu inquiétait plus encore que la mort.

Les problèmes s'étaient accumulés à grande vitesse, et on pouvait en faire une longue liste. Déjà, il ne restait que deux personnes en ces lieux pour venir au secours des jumeaux. Certes, Shan pouvait revenir à tout moment, mais mieux valait ne pas y compter. Laisser les heures s'écouler dans l'inaction pourrait s'avérer fatal.

Le second problème, et sans doute l'un des plus graves, c'était que Hailàng se savait trop usé par les âges pour se lancer dans l'exploration du bâtiment sous-marin. Pour aggraver les choses, il y avait la phobie de Céline, et donc son incapacité à affronter un océan omniprésent. La simple évocation de ce qui venait de se passer pouvait la soumettre à une crise de panique.

Et ce n'était là que des problèmes de surface. À cela s'ajoutaient l'impossibilité de communiquer avec Nausicaa, la destination méconnue des jumeaux, ou encore le manque de connaissances informatiques. Venir à bout de la tâche que Hailàng s'imposait relevait du fantasme, mais s'en détourner aurait été d'une lâcheté sans précédent.

Une situation absurde, ubuesque. Voilà ce qui devait être résolu. La solitude alourdissait le corps maigre de Hailàng. Lui qui ne cherchait qu'à remettre en marche des appareils, assis sur une chaise, se devait d'avoir un allié à la jeunesse pleine de potentielle. Ce fut à cette fin qu'il se dépêcha vers la chambre de Céline, armé de ses béquilles.

Hailàng ne frappa à la porte qu'une fois celle-ci ouverte. Les bonnes manières s'évaporaient sous l'effet d'un feu d'urgence. Son regard cherchant aussitôt compagnie, les détails d'une chambre presque jamais aperçue échappèrent à son attention. Il n'y avait, de toute manière, pas grand-chose à voir ici, sinon un lit et quelques autres meubles d'usage pratique ; la baie vitrée qui donnait sur l'océan était, de toute évidence, habillée de son épais rideau d'acier.

À la vue de Céline, Hailàng sursauta. La forte musique qui résonnait dans la pièce, une céleste composition de

Thomas J.Bergersen naissant de la bouche d'un lourd gramophone, avait empêché la femme d'entendre son invité surprise. Alors poursuivit-elle son étrange activité, tandis que muait la mélodie des violons.

Céline se tenait recroquevillée de l'autre côté de la pièce, tout près de la fenêtre couverte. La tête baissée, les bras dissimulés par son buste, les cheveux réunis en un nuageux chignon, elle ressemblait à un spectre abandonné. De fait, outre sa peau à la blancheur maladive, sa large robe de chambre quelque peu transparente laissait paraître un cou maigre et le début d'un dos épineux que ses cheveux roux cachaient d'habitude.

Hailàng comprenait mieux pourquoi la jeune femme prenait soin de dissimuler son corps sous des vêtements amples et une chevelure abondante. La faible constitution de Céline tenait du surnaturel. Son cou paraissait d'autant plus effilé qu'il était assez long. Mais surtout, de part et d'autre d'une colonne vertébrale protubérante apparaissait des côtes saillantes. Nul doute que sans vêtement pour les cacher, ces os dévoileraient leur entière forme. Et nul doute que ces côtes s'étiraient jusqu'à se rassembler près d'une poitrine enfoncée en son centre.

Hailàng s'inquiéta de cette maigreur excessive, liée à une évidente sous-nutrition que lui n'avait pas connu avant un âge avancé. Déjà s'invitait la culpabilité, car par le passé, il avait cru les réserves assez considérables pour en profiter pleinement. Aussi, il s'entendait de nouveau dire qu'avant que le besoin ne se fasse sentir, il trouverait de quoi regonfler les stocks, plus bas dans le Nérée. Devant lui transparaissait le résultat de son optimisme idiot, sous la forme d'un corps humain s'étant adapté à un ascétisme forcé.

Sous l'œil muet du vieil homme, Céline fit rouler ses vertèbres pour se relever. Ses côtes s'effacèrent peu à peu, mais ses omoplates dévoilèrent leur aspect anguleux. Et toujours, sous la lumière discrète de la chambre, cette peau plus pâle qu'un nuage solitaire. Le corps maigre s'étira, comme de l'argile qui prendrait vie sous l'effet d'une grâce cruelle. Bientôt, il fut tendu vers le plafond, de même que deux bras fins dont les manches abandonnèrent le contour pour retomber sur de frêles épaules. Aussi ce mouvement souleva assez la robe de chambre pour découvrir des chevilles filamenteuses, prêtes à ployer sous l'effet de la gravité.

Céline placardait une feuille de papier contre le rideau de fer, à l'aide d'un aimant ; deux autres y étaient déjà affichées. Une fois sa tâche terminée, elle baissa les bras pour les laisser pendre le long de son corps. Cela fit sortir Hailàng de son voyeurisme. Il sut néanmoins qu'il ne pourrait plus regarder Céline sans ressentir l'inquiétude d'un vétéran face à un enfant que la vie pouvait déserter à tout moment. Pire, il avait de l'empathie pour cette jeune femme à l'ossature plus fragile que celle d'un vieillard, et à la peau privée d'un soleil déjà timide au centre de contrôle. En pensant à tout cela, il comprit à quel point elle et lui avaient besoin de Shan, le seul à porter des espoirs assez grands, et à posséder la force de leur donner vie.

Quand la voix de Hailàng s'éveilla, la jeune femme se retourna dans un sursaut. Ses yeux exorbités arboraient un air de perplexité. Sans doute anticipait-elle un problème majeur, car si Shan n'entrait presque jamais dans sa chambre, Hailàng n'y avait même jamais mis un pied.

— J'ai besoin de ton aide, annonça l'homme.

Ces mots précédèrent un long résumé de la situation durant lequel Céline recouvrit sa robe de chambre de vêtements plus épais. D'abord fallut-il parler de Nausicaa, puis de l'instrument de musique des jumeaux. Puis vint la mauvaise nouvelle, celle des enfants transportés à un étage inférieur. Chaque parole fut réfléchie, pour ne pas avoir à insister sur le robot-méduse s'enfonçant dans les profondeurs océaniques, ou sur les risques encourus par les deux enfants.

Céline attendit une conclusion avant de réagir. Jusque-là, elle se contenta de quelques coups d'œil derrière elle, vers un pan du sol où reposait le livre *Retour aux Eaux*. Elle s'étonnait de ne pas céder à l'angoisse. Pour la première fois depuis longtemps, elle se sentait même maîtresse de ses pensées, et prête à jouer son rôle d'adulte. Naïa et Marvin avaient beau l'agacer par moments, l'inquiéter à d'autres, ils n'en demeuraient pas moins des enfants sur lesquels elle se devait de veiller. Comme Shan, elle les aimait. Comme l'aurait fait Shan, elle allait agir.

On commença donc à discuter de la marche à suivre. Hailàng répondit à des questions d'ordre pratique, mais toutes venaient confirmer que l'affaire serait des plus complexes. Plus les réflexions s'enchaînaient, plus Céline comprenait pourquoi Hailàng était venu à elle. À présent, ils étaient deux à ramer à contre-courant.

— Sans arriver à contacter cette IA, dit Céline, on est limité. Tu es sûr de ne pas pouvoir trouver un moyen de communiquer avec elle depuis le centre de contrôle ?

— Même si c'était possible, ça me prendrait sans doute des années. Il me faut un temps fou pour débloquer la moindre portion de code de ces ordinateurs, et plus encore pour aboutir à un décodage complet. Ma femme s'y connaissait en informatique. Pour moi, ce travail revient à traduire un texte écrit dans une langue inconnue.

— Ça me fait penser à quelque chose… C'est peut-être idiot.

— J'ai aussi une idée, mais à toi l'honneur.

— Ce livre, dit Céline en le montrant du doigt, il a l'air de contenir beaucoup d'informations. Le problème, c'est que ce qu'il raconte n'est pas clair.

— D'où vient-il, demanda Hailàng en observant les pages accrochées au mur et l'ouvrage éventré au sol.

— Shan l'a ramené de ses expéditions. Il voulait que je le lise pour lui dire ce que j'en ai compris. Je pense qu'il a raison de croire qu'on peut y trouver des réponses. Malheureusement, même en déchiffrant l'alphabet employé, son contenu fait penser à de la poésie surréaliste. J'ai beau me démener, je n'y comprends rien, à part l'aspect spirituel du truc…

— Je pourrais peut-être l'étudier.

— Shan n'a pas l'air de le vouloir… Je veux dire… Je sais pas.

— Quel est le souci ?

— Il pense que… Enfin… Que tu nous cacherais des choses…

— Si j'arrivais à comprendre le livre ?

— Oui.

— Difficile de l'en blâmer. Mais on n'a pas tellement le choix. Et puis, ça permettrait de recroiser nos plans.

— À quoi tu penses ?

— En attendant le retour de Shan, tu pourrais tout préparer pour une petite visite aux étages inférieurs, en espérant que Shan ait, lui, trouvé un moyen d'aller encore plus bas. Dès qu'il sera là, lui et toi ensemble, vous aurez plus de chances de retrouver les jumeaux.

Céline ne s'était pas imaginée devoir descendre pour résoudre le problème. Cela avait beau être logique, elle prévoyait plutôt de trouver un moyen de faire revenir les enfants sans s'improviser exploratrice. Et même en s'étant figurer l'intervention directe de Shan, l'accompagner était une idée qu'elle se refusait toujours à envisager. Elle ne trouva pas les mots pour répondre à Hailàng, aussi ce dernier reprit-il la parole après un lourd silence.

— Je suis désolé d'avoir à te proposer ça. Mais Shan ne pourra pas s'en sortir seul, pas assez vite. Je vous aurais accompagné si j'avais été en meilleure santé, et j'aurais même ressenti une certaine excitation à l'idée de découvrir les autres étages. Désolé de ne pas pouvoir.

— Ça me ferait sortir de cet enfermement, songea Céline pour se donner du courage.

— Tu t'es constitué une prison plus petite qu'elle ne l'est vraiment. Tu as toi-même condamné la fenêtre de ta chambre. C'est légitime d'avoir peur, mais il faut que tu sortes de ton coin. Sinon, tu n'es que l'hôte d'une peur qui prend peu à peu ses aises.

— D'où vient cet élan de poésie, demanda la concernée en essayant d'en rire.

— Ce sont des mots que je disais à la mère de Shan.

— Des mots qui l'ont poussé trop loin, pas vrai ?

— Oui, c'est en partie à cause de mes encouragements qu'elle est allée à la surface. Mais tu peux l'imiter sur un point : tu peux laisser tes peurs derrière toi. Et puis, ma femme aurait dû pouvoir compter sur moi ; toi, tu peux compter sur Shan. Ça fera une grande différence…

Deux paires d'yeux plongèrent vers un sol froid. Ces yeux ne virent rien, là où l'imagination fit son office. Là-dessous étaient attendus un jeune explorateur accompagné de son amie à la bravoure retrouvée, les éclaireurs d'une famille maintenant privée de sa dernière génération.

26

La tâche, couleur lie-de-vin, courrait sur l'entière lon-gueur de l'avant-bras droit. Elle était le résultat d'une fu-rieuse déchirure musculaire. Il avait fallu que Shan se jette à corps perdu contre l'échelle de l'ascenseur, puisque sa pré-sence en ces lieux semblait indésirable, mais la douleur qu'il ressentait à présent résultait tout de même d'un manque de prudence.

Somme toute, sa blessure le ralentissait. Sitôt l'étage infé-rieur atteint, Shan s'était servi de son pied-de-biche pour déloger une plaque d'acier jouxtant la trop lourde porte de l'ascenseur. Puis, avec une satisfaction mêlée d'appréhension, il s'était laissé tomber sur un sol couvert d'acier mat.

Maintenant, il arpentait un très long couloir qui commençait doucement à s'élargir. Si l'architecture suggérait d'abord un simple raccordement entre deux secteurs du Nérée 2, quelques détails firent ensuite naître l'hypothèse d'une interminable pépinière. Sous un doux éclairage parfois clignotant, Shan découvrait plusieurs rangées superposées de plantes encore jeunes. Dans un même temps, et à mesure que le couloir prenait de l'ampleur et que les rangées se multipliaient, les parois d'acier laissaient place à un verre à la transparence immaculée.

L'allée s'étendait devant son invité en se tordant vers la gauche. Aussi, il y avait cette impression de légère pente qui poussait à toujours vérifier ses appuis. Ces deux faits indiquaient une chose évidente : le couloir décrivait une spirale qui s'enfonçait toujours plus bas sous l'océan. Tout en s'éloignant de ce monde autrefois pourvu de jungles et de forêts, on lui rendait hommage.

Les architectes du Nérée n'avaient pas permis la seule survie des humains. Certes, comme beaucoup d'espèces marines, et peut-être une minorité d'insectes, certains végétaux s'étaient sans doute adaptés aux nouvelles conditions de la surface, quand d'autres étaient déjà habitués à un milieu aquatique. Mais les végétaux qu'on trouvait ici contrastaient avec l'océan qui s'étendait derrière les vastes parois du couloir. Comme Shan, ils auraient succombé à l'infiltration des eaux, ou à la toxicité de l'atmosphère terrestre. Cette certitude était de celles qui naissaient d'un instinct sensoriel ; on ne les explique pas, et bien qu'il puisse y avoir erreur, il ne nous semble pas le devoir.

Plus loin, après des centaines de mètres à arpenter une allée composée de vert éclatant et de bleu sombre, d'autres couleurs commencèrent à poindre. La pépinière devenant temporairement roseraie, des fleurs chatoyantes défilaient du sol au plafond. Blanc, rose, orange, jaune, rouge et bleu bariolaient l'endroit, trompant tout regard qui y chercherait l'ordre. Pour dérouter le spectateur de plus belle, le hasard de la nature conférait à chaque fleur une couleur unique. Si on reconnaissait un certain nombre de teintes, il n'empêchait que le rose tirait parfois sur le violet, que le blanc se faisait crème, ou encore que l'orange et le rouge se partageaient un même pétale.

Shan se sentait ralentir sous l'effet de la stupéfaction. L'œil hagard, il explorait des splendeurs jamais imaginées. Mieux encore, il goûtait à des senteurs inédites, à des parfums qu'aucun rêve ne pourrait recréer. Que n'aurait-il

donné pour être accompagné de Céline en cet instant ?
Pourtant, même seul, il était en grande partie comblé.

Son sentiment ne fit que s'amplifier alors que les roses
laissaient place à d'autres fleurs, de natures différentes,
mais tout aussi splendides. À ce spectacle s'ajoutait une di-
versité d'arbres et d'arbustes. Leur tronc avait parfois
l'aplomb d'une colonne, parfois l'instabilité d'un ruban tor-
du par des vents contraires.

Bientôt, le fourmillement des végétaux fut si diversifié
qu'il sembla à Shan qu'il visitait une jungle artificielle, où
les êtres de bois immobiles luttaient pour l'emporter sur
leurs voisins. Néanmoins, cela ne pouvait guère être possible, car on sentait bien une harmonie au sein de la planta-
tion ; par ailleurs, les jeunes pousses du début du couloir
auraient succombé depuis longtemps à une bataille végé-
tale, faute de quoi ils auraient grandi.

— Un si beau jardin, murmura Shan. Qui est le jardinier ?

L'explorateur culpabilisa à l'idée de n'y penser que maintenant. Comme pour marquer ce retour à la prudence, la
douleur de son bras retrouva sa pleine intensité. Cela le mit
même en état d'alerte. Alors décida-t-il de sortir tout à fait
de sa contemplation et de courir jusqu'au prochain étage.

À plusieurs reprises, l'inclinaison du sol faillit pousser Shan à la dégringolade, et à chaque fois, ses genoux s'abîmèrent pour l'en protéger. Cette descente folle faisait grimper le rythme cardiaque du coureur, et cela n'allait pas pour calmer ses craintes. Le fallait-il seulement ?

En parallèle de son avancée, la végétation gagnait en densité et en harmonie. Le nombre de rangées superposées diminuait peu à peu, laissant place à de hauts arbres centenaires. De façon logique, il arriva un point où plus aucune rangée ne les supportait. La jungle artificielle s'étendait maintenant du sol au plafond, et le couloir s'était mué en étroits sentiers tortueux.

Shan se croyait cauchemarder, d'autant que des cris de bêtes lui parvenaient. Il ne savait pas s'il les imaginait, ou si, en plus du monde végétal, les architectes du Nérée avaient introduit des animaux sauvages. Si tel était le cas, qu'est-ce que cela impliquait ?

Y penser demandait une concentration dont Shan n'était plus capable. Déjà les ressources de son corps s'épuisaient, et tout son mental se focalisait sur les moyens de se surpasser. Ses foulées s'allongeaient à en devenir des bonds, comme si réduire les points d'accroche avec le sol permettait de mieux supporter la gravité. Cela fonctionna aussi longtemps que l'esprit pouvait s'en convaincre.

Heureusement, l'extrémité de l'allée s'afficha au loin sous l'apparence d'un gigantesque dôme dont seuls une poignée d'arbres pouvaient atteindre le sommet. Il ne faisait aucun doute que quelqu'un, ou quelque chose, avait entretenu l'endroit, car la végétation semblait soudain aussi ordonnée que celle d'un jardin de château. Les sentiers étaient encore bien dessinés et jouxtés d'une pelouse magnifique. D'une jungle, on passait à un parc édénique.

Ce nouveau décor fut accepté comme un signe d'apaisement. Malgré l'impression de danger qui planait au-dessus de lui, en partie à cause de l'océan qui le surplombait comme un ciel obscur, Shan convint qu'il pouvait marcher sans hâte. Il se rendit alors compte de l'intensité de sa course ; il se sentait lourd, essoufflé, et nauséeux, ce qui ne passa qu'après de longues minutes.

À mesure qu'il avançait vers le centre du grand dôme, le jeune homme retrouva aussi le fil de ses pensées. Une évidence le frappa alors. Ce devait être Nausicaa qui gérait cet endroit, tout comme elle s'occupait des deux étages supérieurs. Impossible de savoir quels moyens elle employait, mais ce ne pouvait être qu'elle. D'une certaine façon, cela faisait de cet endroit une partie de son territoire. Si l'IA était à l'origine des systèmes de sécurité activés dans le Fonticulus, alors Shan se situait tout au fond de la gorge du loup.

L'ironie du sort veut que les mâchoires du prédateur se referment au moment exact où la proie se rend compte de sa vulnérabilité. Que cela vienne de l'instinct du chassé, ou de la cruauté du chasseur revient au même. Quand on aperçoit une pointe aiguisée, la survie est déjà une épineuse entreprise.

Jusque-là, Shan ne voyait au-dessus de lui qu'un plafond de verre devançant des eaux presque noires. Une fois qu'il eut mieux observé ce qui le surplombait, il comprit pourquoi le système de sécurité n'avait pas besoin d'aller vite en besogne.

Des centaines de formes, difficiles à distinguer même en les sachant présentes, pulsaient sur le plafond. Il s'agissait d'une myriade d'étoiles, sinon qu'au lieu de briller dans la nuit, elles étaient d'une noirceur ténébreuse. Plus les secondes passaient, plus leur nombre semblait croître, tant et si bien qu'il ne fut bientôt plus nécessaire de plisser les yeux pour les voir.

Shan se souvenait de ce qu'elles avaient fait la première fois. Déjà le verre commençait à vibrer dans un son d'une stridence rare. Il fallait se précipiter, mais ce spectacle hypnotisait par son irréalisme. Entre la dense végétation, les sentiers onduleux, les fleurs aux couleurs éclatantes, les divers cris d'animaux qui laissaient maintenant place à un grincement assourdissant, les senteurs sauvages, et la pulsation des étoiles contre le plafond, Shan était poussé à un hébétement total.

Comme attendu, tout cela ne fut que la folle introduction à un phénomène fantasque. Chaque étoile se mit à scintiller. Puis chaque scintillement trembla. Ces mouvements d'abord désynchronisés adoptèrent peu à peu un rythme commun. Shan demeurait là, incapable de réagir. Il comprenait que les lumières se trouvaient déjà à l'intérieur, et une fois qu'elles furent assez proches, il en reconnut même les formes empruntées.

Partout, des créatures marines brillant comme autant de petits astres. Il y en avait de toutes sortes : requins massifs, raies aux ailes ondulantes, minces espadons, pieuvres protéiformes, et autres variétés parfois méconnaissables. Toutes ces vies impossibles formaient le spectacle d'une veilleuse, et Shan, tel un enfant charmé, le contemplait en silence. Les

odeurs végétales qui l'assaillaient amplifiaient son ahuris-
sement ; le parfum des fleurs était semblable à une drogue
inoculée à un non-initié. S'ajoutaient ces grands arbres dont
la cime soutenait des feuilles qui habillaient le décor océa-
no-céleste. Shan ne pouvait pas résister à pareille vision, ni
à la douce effluve de la terre humide sous ses pieds. Il ne le
pouvait pas, pas alors qu'il n'avait connu que dureté, froideur, lente ternissure des couleurs et rapide pauvreté des
sens. Tout ce que cet enfermement lui avait offert, outre un
amour sans accomplissement, c'était un lot d'émotions à
leur tour cloisonnées. Son émerveillement actuel
s'apparentait donc à une porte de sortie, autant pour sa curiosité croissante que pour sa grande avidité émotive.

Comme pour cristalliser le bien-être qui paralysait le
jeune homme, une petite sardine de lumière vint à se poser
sur son avant-bras douloureux. L'animal à l'allure mystique
se mua aussitôt en un baume doré, ou peut-être en une
plaque d'acier miroitante. Shan toucha du doigt ce qui couvrait à présent une infime partie de sa peau rougie par la
déchirure, et il ne sut dire de quelle matière était faite cette
nouvelle marque. Par contre, un détail le laissa perplexe,
avant de lui faire peur : au contact de ce poisson devenu

enveloppe dorée, il ne ressentit aucune douleur. Une partie de lui était engourdie… Engourdie, ou morte…

Certes, Shan aurait pu partir du principe que la sardine de lumière venait de l'anesthésier pour entamer des soins. Il aurait aussi pu percevoir de façon positive la douce lueur du recouvrement d'or. Ces idées voulurent s'installer dans son esprit. Pourtant, d'un instant à l'autre, il était passé de l'émerveillement silencieux à une fuite tumultueuse. Les astres marins qui projetaient sur lui une pluie d'êtres dorés paraissaient à présent éclaireurs de la grande faucheuse.

Shan ignora les courbes des sentiers qu'il parcourait jusqu'alors, écartant des branches d'arbre à la volée, piétinant quelques fleurs dont les pétales volèrent un temps avant d'être recueillies par d'épaisses touffes d'herbe. Aucun objectif n'était en vue, mais la végétation se dispersait peu à peu, et l'on pouvait donc sentir une réelle progression. D'un côté, Shan en fut satisfait. De l'autre, cela lui permit de mieux appréhender ses poursuivants, et il se rendait ainsi compte qu'on allait bientôt réussir à l'encercler.

Il n'y avait rien à faire, sinon accélérer, toujours et encore, malgré la nausée, la fatigue des jambes, le tambourinement du cœur, le manque de souffle, l'accrochage des habits contre les branches, l'écorchage des bras qui ouvraient le passage, les larmes qui brouillaient la vision, ou bien la déshydratation. De ses yeux s'était écoulé plus d'eau qu'il n'avait pu en boire les dernières 24 heures ; sa gorge était si sèche que déglutir devenait difficile. L'océan, même de l'intérieur, se faisait désert moqueur.

En dépit de cela, la vigilance de Shan ne se laissa pas amoindrir. Quand les premières créatures de lumière se mirent à longer le sol pour le traquer de plus près, il modifia sa trajectoire de sorte à se glisser entre elles. Il fut bien incapable d'empêcher un minuscule poisson de percuter son épaule droite. Tout en poursuivant sa route, il jaugea les dégâts sans un regard ; son épaule était inactive, comme envolée, ce qui laissait tout son bras inutilisable, déjà que la déchirure musculaire l'avait beaucoup affaibli. Aussi, il sentit que la créature étincelante était passée au travers de son vêtement pour se déposer en plein sur sa peau ; Shan sentait le tissu déchiré de l'intérieur, comme si son membre avait gagné en volume à cause de l'entrave.

Perdre l'usage d'un bras, dans une telle condition, paraissait bénin. En revanche, le recouvrement de toute autre partie du corps serait fatal ; que ce soit les jambes, le buste, la tête, ou même l'autre bras qui tenait encore le pied-de-biche, les autres membres étaient irremplaçables.

Les sentiers continuèrent à se multiplier, jusqu'à ce qu'ils se rassemblent soudain en une grande clairière au centre de laquelle attendait une construction saugrenue. Se dressait au-dessus d'un cercle d'eau une petite maison sur pilotis, toute de bois et de paille constituée, semblable à ces habitations dans lesquelles vivaient les lointains ancêtres de l'homme.

Cet endroit n'était pas qu'un simple parc. On l'avait pensé comme un musée présentant les débuts de l'humanité au milieu d'une nature florissante. Mieux encore, la mise en scène servait à montrer comment les humains restaient jadis près de l'eau pour vivre au quotidien.

Shan n'était cependant pas en mesure d'apprécier l'intention poétique des architectes de ces lieux, car dans la clairière volaient déjà des dizaines de poissons étincelants, et que tous flottaient vers leur cible. L'un d'eux, assez proche, arborait l'apparence d'un requin lézard dont le corps effilé se tordait comme celui d'une anguille. Avec ses deux mètres de long, même si son effrayante mâchoire n'était pas destinée à servir, l'animal de lumière pouvait à lui seul devenir un blindage qui couvrirait le corps entier de Shan. Autrement dit, un simple contact avec cette chose implacable, et le jeune explorateur n'aurait plus jamais l'occasion de bouger.

Comme des créatures plus imposantes encore venaient d'au-dessus de sa tête, et que celles ici présentes suffisaient déjà bien, Shan se hâta de rejoindre la maison sur pilotis. Dans ce but, il entreprit d'employer son bras mort comme bouclier pour passer au travers des plus petits poissons qui quadrillaient la zone. De son autre bras, il porta le membre endormi, en diagonal devant lui. Son plan n'avait rien d'irréalisable, se répétait-il.

Débuta un sprint pour la survie. Les premiers mètres furent parcourus sans encombre, puis les contacts devinrent inévitables. Très vite, le bras-bouclier se couvrit d'or, et une donnée imprévue s'imposa à Shan : l'entrave dorée avait un poids non négligeable. Il devenait de plus en plus difficile de manipuler le bras-bouclier pour le porter au bon endroit, d'autant que les obstacles de lumière se dressaient parfois à hauteur des jambes. Shan perdait donc en vitesse et luttait pour garder son équilibre.

Une carpe faillit percuter son bassin, puis un banc de crevettes fut à un rien de cribler son torse. Surtout, il fallut se jeter sous une raie manta qui menaçait de le faucher tout entier ; cette dernière action lui coupa le souffle, puisque sous la créature large de sept bons mètres, à l'éclat aveuglant, il s'imagina être broyé par une véritable étoile.

Mais la maison fut enfin atteinte, et Shan monta un perron de bois pour se retrouver devant une porte qui, à son grand bonheur, était aussi fragile que d'apparence. De fait, les gonds de la porte éclatèrent dès le premier coup d'épaule en or, si aisément que le jeune homme eut du mal à se réfréner une fois à l'intérieur. Quand il fut à l'arrêt, il laissa retomber son bras entravé sans réfléchir. Le membre était devenu si épais et lourd que des os se brisèrent en conséquence. Shan ne sentit rien au niveau de l'épaule, mais il hurla de douleur quand son omoplate tenta de suivre le mouvement.

En tout point déboussolé, Shan fit de brefs repérages. Il ignora la tapisserie noire aux reflets bleutés dansants, ainsi que le parquet aux lames rondes. Tout ce qui l'intéressa, ce fut l'ouvrage qui se situait au cœur de l'unique salle de cette maison. Pouvait-il d'ailleurs qualifier la chose d'ouvrage ? Il lui semblait avoir déjà vu cela dans un livre, et il était alors question d'une forme de vie nommée siphonophore.

C'était une tige luminescente qui émanait d'un vase empli d'eau pour serpenter dans l'air ambiant. Accrochés à elle, des dizaines de formes que l'on pouvait comparer à des bourgeons translucides émettant chacun une faible lueur orangée.

De plus, cette chose ahurissante, comme mouvante sous une eau calme, émettait des bruits de carillons. Quand un bourgeon tintait, dix autres venaient lui répondre sur une note différente. Le tout composait une mélodie sans harmonie particulière.

Malgré cette découverte, Shan ne put oublier ce qui approchait à l'extérieur. Il ne lui restait que quelques secondes avant qu'un banc de poissons lumineux viennent à le changer en statue d'or. Il prit donc une décision rapide et irréfléchie. Un rien aurait suffit à le convaincre de tenter sa chance dans le parc. Mais un rien le poussa à un autre acte.

Shan agrippa l'un des bourgeons d'une main agressive, puis il l'arracha de son support avec la force du désespoir. S'il ne savait pas à quoi cette sorte de siphonophore servait, il comptait bien le découvrir sans tarder. Il ne s'attendait pas à ce que la réponse lui soit alors donnée de vive voix :

— Emploi d'un grelot d'Ino, fit-on avec une intonation lointaine et résonnante. Adressez votre parole, qu'elle soit transmise à qui de droit.

C'était à n'en pas douter la voix de Nausicaa, quoiqu'elle eut l'air plus pieuse qu'à l'accoutumée. Toujours était-il qu'elle invitait Shan à parler, et selon toute vraisemblance, à transmettre un message. Deux pensées émergèrent de l'esprit du jeune homme. Elles ne se contredisaient pas, bien au contraire.

Déjà, si Shan prononçait quelques mots devant le bourgeon translucide qui reposait dans ses mains, ceux-ci seraient ses derniers. Un coup d'œil en arrière venait de lui faire comprendre qu'il était trop tard pour survivre, à moins que son prédateur déclare soudain être amical, ce qui relèverait de la féerie.

La seconde pensée, la seule qui soit un peu rassurante, c'était que cet ultime message pouvait parvenir à Céline. Shan se dit que mourir n'avait rien d'engageant, mais pris au piège comme il l'était, il se força à aligner au moins quelques mots. Aussi, parce que la situation était critique, les paroles du jeune homme visualisant celle qu'il aimait furent sincères, intelligibles et délicates. Pour la première fois de sa vie, Shan exposa ses sentiments avec éloquence.

— Hey Line, commença-t-il d'une voix qui ne tremblait qu'à peine. Désolé, mais je vais pas pouvoir te ramener le safran… J'ai trouvé quelques roses que tu aurais aimé mettre en pot, comme les gens d'autrefois, mais impossible de te les offrir. À dire vrai, puisque je n'ai pas le temps de tourner autour du pot, aussi garni de fleurs soit-il, je vais aller à l'essentiel. Et désolé pour la blague… Ma belle Céline, ça va me manquer de t'aimer. Je voulais conserver ce sentiment pour toi jusqu'à la fin, et je ne suis pas peu fier de te déclarer que j'ai réussi sans éprouver la moindre difficulté. Par contre, je sens que tu vas m'en vouloir de ne pas avoir tenu plus longtemps. En fait, mon amour pour toi pourra toujours me survivre si tu ne l'oublies pas. (Shan marqua une courte pause qui ne lui parut que trop longue.) Pour être honnête, même maintenant, je t'en veux un peu de ne pas réussir à avoir à mon égard des sentiments qui ne te font pas souffrir. Tu n'as jamais réussi à m'aimer sans que ça t'angoisse. Je t'en veux un peu, mais je sais que je ne le devrais pas. Dans un sens, je t'en remercie. À chacun sa façon d'aimer, et si c'était là la tienne, alors c'était le plus beau cadeau que tu pouvais m'offrir. J'aimerais que tu me répondes, ou au moins que tu m'engueules, mais il est trop tard. J'espère juste que ce message…

Shan s'arrêta un temps pour évaluer la situation. Il se tourna sans hâte, et quand il comprit que les premiers poissons, de minuscules êtres de lumière d'à peine quelques millimètres de long, avaient déjà commencé à couvrir son corps sans qu'il ne s'en soit rendu compte, il sut qu'il fallait conclure.

— Il faut que tu aies ce message, Line. Que Nausicaa te l'apporte au centre de contrôle, à l'étage le plus proche de la surface. (Shan se devait de dire cela au plus vite pour avertir l'IA de la destination du message.) Il faut que tu comprennes que je t'aime plus que jamais. Mais surtout, pour ton bien, il faut que tu saches que Nausicaa n'est qu'une coquille vide. Ce qui me tue, je pense, c'est autre chose. Peut-être une autre IA. Peut-être… Peut-être Ino, la fameuse déesse. Si elle t'en donne l'occasion, fais confiance à Nausicaa pour t'aider, comme j'aurais certainement dû le faire… Je crois... Ton explorateur te salue, Line… Maintenant, c'est à ton tour de…

La bouche de Shan fut couverte d'or, et ne restaient que deux yeux pour voir la fin. Le grand requin lézard passa par l'encadrure de la porte avec une lenteur inquiétante. Sa mâchoire ne s'ouvrit qu'à demi alors qu'il tournait autour d'un homme déjà immobilisé. Puis l'une de ses nageoires effleura le front de Shan, et dans une explosion de lumière, la créature marine et la créature terrestre fusionnèrent. Au cœur de la maison se trouvait à présent un imposant rocher d'or, comme un gisement tout juste nettoyé pour briller de mille éclats.

À côté vola un bourgeon aussi translucide que léger. La frêle chose alla en douceur se déposer dans le vase depuis lequel se dressait le siphonophore. Un son de diapason fut émis par-dessus le chœur des tintements.

Aux environs, les créatures marines repartirent vers la luxuriante forêt, puis à travers le plafond, pour enfin se confondre avec les eaux noires de l'océan. La tâche qu'on leur avait confiée était accomplie.

27

Un vague sentiment noyait les deux spectateurs. Céline et Hailàng se tenaient assis devant l'un des larges écrans du centre de contrôle.

La voix qu'ils venaient d'entendre se multipliait en échos interminables dans leur tête. On venait de leur faire des adieux, mais ceux-ci avaient un goût d'inachevé. Davantage que par la parole, c'était par le biais d'une improbable vidéo qu'on renonçait à eux. Une alarme avait retenti, puis Shan était apparu pour la dernière fois devant deux visages hallucinés.

Le silence s'éternisa après les lourds mots prononcés par un fils trahi, par un explorateur résolu, par un amant solitaire. L'ordinateur affichait à présent un plan ambigu du Nérée, un plan sur lequel scintillait un point sombre qui représentait, à n'en pas douter, l'endroit où Shan venait de trouver la mort.

Ce plan n'était jamais apparu auparavant. Aussi les regards de Céline et de Hailàng s'y perdirent longtemps, comme pour fuir la scène tragique qui s'était déroulée devant eux. Tous deux montraient des yeux ronds et caves. Leurs cornées agissaient en miroirs qui se contentaient de renvoyer ce qu'on leur avait imposé. Mais une partie de la lumière avait bel et bien traversé la paroi transparente de leurs yeux, de la même façon qu'elle avait transpercé l'iris et le cristallin pour aller se loger au plus profond de leur mémoire sous forme d'images funestes.

Hailàng était privé de sa seule fierté. La perte d'une femme aimée avait jadis été un coup de poignard au cœur, quand celle d'un fils ambitieux paraissait plutôt comme une déflagration intérieure, brûlante, avide et impitoyable.

Pourtant, aucune larme ne se décidait à couler. Ni le sentiment d'injustice qu'éprouvait Hailàng, ni la culpabilité qui commençait à le ronger ne parvenaient à extérioriser sa peine. Il demeurait là, les yeux si secs qu'ils en devenaient douloureux. Il savait pourquoi les pleurs ne venaient pas, et il s'accrochait à cette raison comme on s'agrippe à une bouée de sauvetage.

Le vieil homme avait évité la noyade à plusieurs reprises, et toujours en suivant ce même instinct en apparence inhumain. En fait, selon lui, il n'y avait rien de plus humain dans ces conditions, rien de moins extraordinaire qu'un deuil accéléré par le travail. Si Hailàng demeurait stoïque, c'était parce que l'écran qu'il contemplait, non content d'avoir retransmis des images et une voix dans lesquels d'étranges éléments dorés apparaissaient, montrait à présent un plan complet des Nérées. À partir de ces nouvelles données, l'impossible pouvait devenir réalisable.

Céline avait compris cela aussi vite que Hailàng. Elle aussi percevait sur l'écran le moyen de terminer le travail que son ami avait accompli jusqu'à sa mort. Et ce qui stimulait le plus ses pensées, c'était l'indice donné sur le meurtrier : « Ce qui me tue, je pense, c'est autre chose. Peut-être une autre IA. Peut-être… Peut-être Ino, la fameuse déesse. »

Cependant, à l'inverse du père, Céline percevait de moins en moins bien le plan qui lui faisait face. Ses yeux emplis de larmes se perdaient dans des couleurs floues, tandis que sa bouche s'interdisait de laisser passer les plaintes. La cause de cette tristesse n'était pas la seule mort d'un ami, mais surtout ce sentiment de ne toujours pas pouvoir l'aimer sans retenue.

En parallèle de cela, en plus de décevoir l'amour de son ami d'enfance, Céline ne savait pas si elle était enfin prête à jouer son rôle. Déjà lui prenait l'envie de courir à sa chambre, ou à celle du dormeur. Elle s'y refusait par la force du désespoir. Aussi, ses jambes trop lourdes ne pouvaient la porter loin de l'écran, et ses silencieux pleurs lui interdisaient de penser à autre chose qu'à son devoir.

Dans le centre de contrôle, sous un plafond déployant un vaste ciel océanique, Céline et Hailàng ne cédèrent qu'au vacarme de leurs pensées. Sans prononcer le moindre mot, sans émettre un son, ils en arrivèrent à la même conclusion.

Alors les deux êtres solitaires se penchèrent vers l'ordinateur, leurs doigts prêts à jouer du clavier.

Depuis l'entrée, il semblait que deux pesantes silhouettes s'apprêtaient à plonger dans la lumière des écrans, à s'y noyer jusqu'à l'heure de refaire surface, avec en main le funeste trésor des abysses.

Ce trésor, constitué de secrets perdus au sein de folles architectures, deux jumeaux s'apprêtaient déjà à en effleurer le contour.

Chapitre III : yn plɥi ɑ̃tʁ sjɛl e mɛʁ

28

Le voyage de Naïa et Marvin à travers les eaux était vertigineux. Le corps artificiel de Nausicaa, qui avait d'une méduse géante l'apparence et la gestuelle, servait de robuste submersible de verre. Ainsi pouvait-on contempler les lumières du Nérée dans l'obscurité de l'océan. Ce corps permettait aussi d'admirer les alentours grâce à l'émission d'une douce lueur blanche. Comme les créatures marines n'étaient guère dérangées par l'éclairage, elles agissaient de façon coutumière.

Au début, seuls quelques spécimens furent approchés, tels que des dragonnets lyres, des saumons, des thons, ou encore divers pageots. Mais Nausicaa semblait vouloir faire de ce court voyage une ode à la démesure ; alors finit-elle par nager tout près d'un calamar géant, avant de se fondre un temps dans un attroupement de méduses. Ensuite, elle suivit le cheminement de quelques requins, imita la rapide plongée d'un espadon, zigzagua comme une anguille, et passa au travers d'une myriade de papillons de mer aux organes brillants.

Ce spectacle avait tout pour plaire aux jumeaux, car devant la fenêtre de leur chambre, ils s'étaient imaginés pouvoir un jour voler dans l'océan. L'habitacle de verre laissait filtrer une vue panoramique de l'océan, de même que les sons. On entendait des grognements sourds, d'intenses vibrations venues des profondeurs, et surtout le chant environnant des vagues internes et des courants marins.

Nausicaa accéléra bientôt la cadence, se déplaçant toujours à la manière d'une méduse gonflant son ombrelle avant de s'en servir comme source d'impulsion. Elle ignora maintenant toute forme de vie pour s'approcher d'une silhouette qui devenait de plus en plus gigantesque. Si les deux enfants s'attendaient de prime abord à rencontrer une sorte de monstre titanesque, la vue d'une série d'immenses câbles et de petits luminaires leur fit comprendre qu'ils allaient quitter l'océan.

Cela en tête, leur surprise n'en fut pas moins grande. On leur avait expliqué que les Nérées étaient les secteurs d'une tour qui s'étendait de la surface jusqu'à des profondeurs indéfinies. Pourtant, la structure de laquelle ils approchaient était solitaire.

Ils s'en éloignèrent en longeant l'un des câbles qui y était rattaché et atteignirent un autre étage. Ainsi continua leur route, jusqu'à ce qu'une évidence les frappe : le Nérée n'était pas une tour, mais un réseau de constructions reliés par une multitude de câbles qui devaient aussi servir de passages, comme celui que Shan avait emprunté dans les sous-sols.

Et ce fut à l'une de ces structures suspendues dans le plein océan que Nausicaa se harponna enfin. Son ombrelle épousa une paroi vitrée du bâtiment, puis ses tentacules en découpèrent une partie pour l'incliner comme une rampe d'accès.

Aussitôt sortis du corps de Nausicaa, les jumeaux virent les lampes s'allumer tout autour d'eux. Plus exactement, ils virent apparaître une gigantesque salle dont le plafond semblait culminer à une centaine de mètres. Ce fut parce qu'ils levaient la tête sur cette formidable hauteur et qu'ils commençaient à étudier les nombreux piliers qui s'y dressaient que la nature du sol les étonna. Une fine couche d'eau tapissait celui-ci, et sa tiédeur caressait la plante de leurs pieds. Leurs vétustes chaussons devenus inutiles, Marvin et Naïa les enlevèrent pour mieux profiter de cette douce moquette aqueuse.

Nausicaa avait refermé la paroi de verre, et elle se déplaçait à présent aux alentours de la pièce. Sa présence était rassurante, d'autant qu'on la découvrait aussi grande que gracile, et qu'une agréable lumière rosée s'échappait de son corps. Mais l'IA ne se contentait pas d'un lent ballet autour de la haute salle cylindrique ; les endroits vers lesquels elle s'attardait servaient de points de repère aux enfants.

En suivant leur guide silencieuse, ceux-ci arrivèrent à un escalier spiralant autour d'une large colonne. Une eau lente glissait sur les marches, formant une série de petites cascades. En les empruntant, les jumeaux se rendirent compte que ce qu'ils commençaient à escalader était en vérité une bibliothèque. À leur droite, tandis qu'ils tournaient autour de la structure cylindrique, ils observaient des livres de métal peint, rangés de sorte à présenter leur première de couverture. Chacun arborait une teinte singulière, une épaisseur distincte, et un titre unique. Les jumeaux réalisèrent alors que les multiples colonnes de la salle, reliées par des escaliers et des passerelles, présentaient une infinité d'ouvrages.

Après une dizaine de minutes de marche, la fatigue s'empara des enfants. Naïa s'accouda à la rampe des escaliers pour observer Nausicaa. L'IA s'était mise à faire du surplace pour attendre ses invités. De son côté, Marvin tendit la main vers un livre sélectionné au hasard. Il prit d'abord le temps de toucher la couverture froide et de profiter des reliefs que présentait le titre. La première chose qui lui revint à l'esprit était la collection dans laquelle piochait souvent Céline. Il avait maintes fois vu la femme assise avec un livre qu'elle tenait ouvert en arrondissant les pages et la couverture ensemble. Les ouvrages d'ici étaient très différents.

Marvin osa enfin prendre l'objet dans ses mains ; il l'ouvrit sur un langage et un style de police qui confirma ses suppositions. Il avait beau ne pas très bien lire, il aurait au moins dû reconnaître une poignée de mots. Pourtant, il se trouvait confronté à des lettres inconnus, à une structure textuelle étrange, et à des couleurs criardes. Même les illustrations qui l'aidaient parfois à y voir plus clair se mêlaient là au texte. Il ne reconnut que le mot « vague », orthographié « vag », et calligraphié de sorte à sembler parcourir les mers avant de s'écraser contre les écueils.

— De l'ébauche au dessein, car le dessin s'est simplifié jusqu'au mot, pour ensuite redevenir dessin.

Ces paroles furent soufflées sans hâte, et Marvin en lâcha presque le livre qu'il tenait. Nausicaa ne pouvait être la soudaine locutrice, puisque la voix était trop humaine, et qu'un étrange accent l'habillait. Cette voix avait résonné depuis un point inconnu. On y devinait de l'éloquence et de l'aplomb à la fois. Mais au-delà de ces impressions, ce fut la crainte qui marqua les esprits de Naïa et Marvin. Quand la voix s'anima de nouveau, ils en cherchèrent la source avec des regards vifs.

— Entre le mot et le dessin, le symbole. Il est murmure du réel, et excroissance du vivant. Ces deux concepts s'entremêlent autour du symbole, puisque le symbole est surtout l'équilibre parfait entre nature et savoir.

Un pied se posa délicatement sur l'une des marches supérieures de l'escalier. Naïa le repéra de suite et toucha l'épaule de son frère pour l'en avertir. Tout deux purent donc découvrir le propriétaire de la voix au même instant…

29

Le soleil brillait d'un éclat démesuré. Cela se remarquait à la clarté significative des eaux. Quelques rayons parvenaient même jusqu'au sol du centre de contrôle, y déposant un calque des ondulations hasardeuses de la surface. Mais ce qu'il y avait d'inhabituel en ce jour, c'était la légère couleur rouge que dégageait le soleil. Il en résultait un plafond de verre différent et une atmosphère altérée. C'était un phénomène trop subtil pour que Hailàng y attarde son regard. En revanche, Céline ne pouvait plus à se concentrer sur son ordinateur. Déjà contemplait-elle un océan céleste qu'elle craignait jusqu'alors, mais cette teinte sanglante semblait en plus lui dire que maintenant qu'elle osait lever les yeux, il y avait urgence.

— Dis-moi, interpella Hailàng sans se détourner de son écran, tu arrives à avancer ?

La femme se replongea aussitôt dans son travail. Devant elle, des pages éparpillées du livre d'Ino qui baignaient dans la lueur de son écran d'ordinateur. Sur ce dernier était affiché un plan annoté des Nérées qu'elle faisait coulisser de droite à gauche, de haut en bas, selon le secteur qu'elle désirait étudier.

— Je n'ai pas grand-chose d'utile, déclara-t-elle enfin. Par contre, je n'ai plus aucun doute sur la forme d'écriture dans laquelle le livre est rédigé. Il s'agit d'une sorte d'alphabet phonétique. En fait, en lisant à voix haute, on peut comprendre une partie du texte. Finalement, ceux qui ont écrit ce truc devaient parler à peu près comme nous.

— Pourquoi utiliser un alphabet phonétique ? Pour éviter à des étrangers de comprendre ?

— Quels étrangers ? À moins que d'un Nérée à l'autre, il n'y ait pas le même système d'écriture.

— Ça en dirait long sur les raisons pour lesquels on ne trouve aucun passage praticable vers un autre Nérée. Soit il y a eu des mésententes, soit tout a été bâti de sorte à ce que chacun reste chez soi.

— En imaginant que cet alphabet serve à protéger des informations, est-ce qu'il n'aurait pas été préférable d'employer un code plus complexe ? Je me trompe peut-être, mais je crois que cet alphabet est juste une version ultérieure au nôtre. Si c'est le cas, il me faudra quelques semaines de travail intensif pour traduire l'intégralité du bouquin.

— Quelques semaines...

Céline jeta un coup d'œil à son voisin ; celui-ci paraissait abattu. Entre la maigreur de son corps, l'aspect creusé de ses orbites, le pianotage de ses doigts squelettiques, ou encore la courbure fataliste de sa colonne vertébrale, Hailàng semblait prêt à se laisser aller à un très long sommeil. La disparition des enfants et la mort de son fils l'affectaient au plus haut point. Céline l'imagina mort, prêt à être empaqueté puis abandonné à l'océan, comme d'autres avant lui. Elle se retrouverait alors seule...

— Hey, dit la femme avec entrain, goutte à goutte, on peut faire un océan.

— Comment !?

— Rien. J'ai lu ça quelque part, je crois.

— Voilà que tu te mets à faire des blagues sur l'océan. Je trouvais déjà surprenant que tu en supportes la vue.

— Il m'aura fallu un sacré choc pour que cette phobie me foute la paix. Faut bien que je profite des bons côtés.

Céline essayait de sourire, mais le regard sévère de Hai-làng l'en dissuadait. Elle commençait à se dire qu'il était trop tôt pour plaisanter, même s'il s'agissait d'une façon de mieux digérer les difficultés auxquelles il fallait à présent faire face.

— Laisse tomber, dit-elle avec gêne. C'est juste que… Enfin… C'est dur d'arrêter d'y penser. Ça date juste d'hier, et je…

— Céline ?

— Oui, répondit-elle en retenant une larme.

— Je comprends… Mais bientôt, tu te sentiras comme un poisson dans l'eau.

Il était bien sûr trop tôt pour se laisser aller aux rires, cependant qu'un plein sourire était une richesse que les deux collègues n'avaient pas partagé depuis longtemps. Ils savourèrent cet instant d'insouciance, puis le poids de leur responsabilité pesa à nouveau sur leurs épaules.

30

Les jumeaux n'en revenaient pas. La personne qui avait descendu les marches jusqu'à s'arrêter à quelques pas d'eux était une véritable femme-méduse. D'instinct, ils cherchèrent à déchiffrer l'expression qui leur était adressée : elle était d'une neutralité totale. Alors ils scrutèrent chaque partie du corps de l'inconnue, sans y déceler plus d'explications.

La femme-méduse n'avait rien des créatures que les enfants avaient vues dessinées dans les livres de contes. Déjà, son ombrelle possédait l'allure et la rigidité d'un corail pourpre, et elle se ramifiait en un cercle aux bords plongeants. Le visage qui était en dessous s'en trouvait caché, hormis la bouche qui rappelait celle d'un squelette aux dents lisses et égales. D'ailleurs, sa peau anthracite paraissait tout aussi rigide que l'ombrelle, à l'instar d'un poisson doté d'un exosquelette.

Outre cet étrange faciès surmonté d'une large coiffure de méduse, l'inconnue arborait un habit d'une propreté dont les enfants n'avaient jamais été témoins. On aurait dit que le tissu venait d'être lavé et repassé, juste après qu'on eut fini de le tisser. Des reflets roses y dansaient, et des ornements argentés y luisaient comme des feux miniatures. Puisqu'il dansait au moindre mouvement de sa propriétaire, l'habit dévoila sa nature complexe. Il s'agissait d'une sorte de toge composée de larges franges, telles les lamelles d'un volet s'assemblant pour former une surface en apparence unie.

Quand la femme reprit son avancée, son vêtement se mit à voguer tous azimuts, et alors elle sembla tout à fait méduse, pourvue de son ombrelle comme de ses multiples tentacules. Comble de la stupéfaction, les jumeaux entendirent une poignée de mots qui changea une partie de leur appréhension en innocente curiosité.

— Têtards égarés, je suis la dernière Scyphozoa.

Si les enfants s'apprêtaient déjà à assommer l'inconnue de questions, celle-ci ne leur en laissa pas le temps. D'un pas ample, elle se détourna et grimpa à nouveau les marches de l'escalier. Un unique mot indiqua qu'il fallait la suivre.

La montée se fit dans un silence pesant, bien que Naïa ait à un moment demandé le nom de la Scyphozoa ; il n'y avait eu ni réponse, ni réaction, ce qui contraignit la jumelle à rentrer sa tête dans ses épaules. Marvin n'osa pas même s'éclaircir la voix. Au contraire, il retenait sa sœur à cinq marches de l'inconnue. La peur ne l'avait pas totalement quitté.

L'ascension se poursuivit sans mot dire, un long quart d'heure durant. Le groupe avait dépassé des milliers de livres, gravit des centaines de marches, franchit de multiples passerelles, pour enfin s'approcher du plafond de la salle. L'eau s'écoulait toujours sous les pieds des jumeaux, comme elle mouillait le vêtement traînant de l'inconnue.

Enfin, on arriva au sommet d'un pilier central dont la base était suspendue à mi-hauteur de la grande bibliothèque ; il se terminait en une large plate-forme circulaire, toute de métal blanc, dénuée de barrières. D'ici, le plafond de verre était presque à portée de main. L'eau s'écoulait depuis le centre de la plate-forme jusqu'aux escaliers, avant de rejoindre chacun des piliers et de s'échouer sur le sol miroitant de la salle. Mais le plus intéressant, c'était la source du liquide.

De prime abord, les jumeaux crurent découvrir une sculpture de verre informe qui se déployait de part et d'autre du plafond. En tout cas, elle laissait filtrer l'eau de l'océan à une faible pression, et à un rythme constant. On aurait même dit qu'elle la déposait sur la plate-forme en prenant soin de ne pas provoquer la moindre éclaboussure. En somme, de là où ils se trouvaient, les enfants ne voyaient rien d'autre qu'une belle fontaine à la forme abstraite. La Scyphozoa dut s'en apercevoir, car d'un geste de la tête, elle les invita à s'approcher.

Une fois à proximité, Marvin et Naïa se rendirent enfin compte de ce que cette structure représentait : une sirène. Le buste de femme se dressait dans l'océan, les bras ouverts, comme prête à enlacer toute créature qui voudrait s'y réfugier. Pourtant, son faciès de verre ne présentait qu'un demi-sourire, semblable à ceux que l'on offre à autrui par malice. Ses seins étaient si lisses qu'on les aurait dit enveloppés dans une fine étoffe, et il en allait de même pour son ventre sans nombril. De courts filaments débordaient du corps entier de la sirène, même du côté de l'océan où un rien aurait pu les briser. Le verre devait donc être d'une solidité remarquable.

La partie postérieure de la sirène cristalline, sa longue queue de poisson, allait du plafond jusqu'au raz du sol en formant une large spirale. L'eau s'y accrochait naturellement lors de sa descente, jusqu'à être cueillie par une nageoire concave qu'on avait juste assez incliné pour un écoulement délicat.

Cette magnifique fontaine, acheminant sans détour l'eau de l'océan jusqu'aux pieds nus des enfants, eut l'effet escompté. Ce ne fut pas l'émerveillement béat de Marvin qui en fut la preuve, ni l'enthousiasme retenu de Naïa. C'était dans leur posture qu'on le lisait, car celle-ci semblait tendre vers l'endroit d'où une si belle sirène pouvait provenir.

— Têtards, dit la femme-méduse, vous acceptez l'invitation de l'hydriade. Elle n'est pas tournée vers la surface, mais vers l'océan lui-même. Je vais vous montrer quels trésors elle contemple. Elle va partager sa divine clairvoyance avec vous.

31

Quelque chose chagrinait Hailàng depuis plusieurs heures. Il avait pensé étudier une vue éclatée des Nérées, chaque salle étant représentée éloignée des autres, sauf pour quelques-unes qui semblaient former des groupements. Mais, sans chercher à le faire, et peut-être juste par manque de concentration, Hailàng s'était mis à réassembler le tout dans sa tête, comme il l'imaginait être dans la réalité. Ainsi avait-il repéré des anomalies, comprenant que sa vision des Nérées était tronquée. Il se devait à présent de soumettre sa théorie.

— Céline, se risqua-t-il avec une once d'hésitation dans la voix.

— Quoi ?

— Je viens juste de m'en faire la réflexion, alors ça vaut ce que ça vaut. En fait, j'ai l'impression que les Nérées ne sont pas les éléments d'une tour, et qu'il n'y pas plusieurs tours. Regarde le plan et dis-moi si ça te paraît probable que toute la structure soit décomposée en une multitude de pièces réparties dans l'océan.

Malgré les propos de Hailàng, ce ne fut pas l'écran qu'observa Céline. Elle tourna la tête vers son interlocuteur en affichant une moue d'incompréhension.

— Imaginons, reprit l'homme. Et si les chaînes qu'on pensait nécessaires à l'accroche de notre Nérée avec les fonds marins servaient surtout à rattacher différentes structures entre elles ? Un peu comme un maillage sous l'eau. Ça paraît hallucinant, mais en théorie, ça marcherait, hein ?

— Ce qui me paraît hallucinant, c'est un ensemble de tours qui partent de la surface pour s'arrêter au beau milieu de l'océan. Encore pire si ces tours vont jusqu'au plancher océanique. Les vagues sous-marines les auraient très vite disloquées.

— Mon idée ne te chamboule pas plus que ça alors ? Je ne pensais pas que tu avais déjà tant réfléchi à la question.

Sur le visage de la femme, l'expression de perplexité se creusait de plus en plus. Ses traits en devenaient si grimaçant que Hailàng se sentit insulté ; il demanda donc pourquoi son hypothèse provoquait une telle réaction.

— Bah, commença Céline, on savait déjà tout ça, non ?

— Comment !? Bien sûr que non. Enfin, pas moi. Depuis quand tu sais que les Nérées ne sont pas des tours ?

— Fais pas l'innocent, Hailàng. Après tout ce que tu nous as caché, depuis des dizaines d'années, tu vas pas me faire croire que tu ne savais pas ça ?

— Pourquoi je l'aurais caché ? Et puis, d'où tu sors ces connaissances ?

— Euh… Ça doit venir d'un livre. Pour toi aussi, d'ailleurs.

— Je t'assure que non.

Céline ne savait plus quoi répondre. Elle sembla désolée pour Hailàng, mais aussi un peu égarée. Son esprit faisait le défilé des livres qu'elle avait lus toute sa vie durant, à la quête de celui qui lui avait transmis ce savoir. Il lui semblait que ce souvenir remontait à longtemps, et peut-être même à son enfance. Le livre d'Ino ne pouvait donc pas être concerné par l'affaire. Pourtant, c'était le seul livre récent qui lui revenait en tête, au sens où il ne datait pas d'avant la migration des humains sous l'eau. À ce propos…

— Et cette histoire d'humanité réfugiée dans l'océan, demanda Céline. Rappelle-moi d'où ça sort.

— Mes parents me l'ont raconté, comme les leurs l'ont fait. Et puis, on a des preuves que l'air est toxique, et des livres qui parlent du monde d'avant, non ?

— Tu sais ce que je crois ? Déjà, que tu te fous de ma gueule. Ou alors ce sont tes parents qui se sont bien foutus de ta gueule. Un savoir qui se transmet de génération en génération ? Par contre, comme par magie, on ne sait même plus qui nous sommes ? Ça me paraît un peu fumeux, pas vrai ?

La jeune femme se tenait d'étrange manière sur son siège. Elle présentait deux jambes écartées, et son large pantalon ne laissait apercevoir que ses pieds posés sur leur pointe. Ainsi positionnée, elle pouvait donc jouer de la rotation de son assise, sans déranger les roulettes, tandis que ses bras croisés accentuaient la sévérité de son visage penché sur la droite.

Hailàng songea que même son défunt fils n'avait jamais arboré une posture si ouvertement rebelle. Céline avait changé en très peu de temps, comme si une étincelle avait jailli en elle, suite aux récents événements. Ou bien n'était-ce là qu'une mauvaise humeur destinée à amoindrir son sentiment de vulnérabilité ?

— Tu essaies de noyer le poisson, plaisanta Hailàng.

— Deux choix s'offrent à nous, dit l'autre sans même souligner la blague. On peut rassembler toutes les cartes qu'on a en main, ce qui implique beaucoup de révélations de ta part, j'imagine. Dans ce cas, on pourra vraiment dire qu'on travaille ensemble. Sinon, c'est la course aux informations. Par contre, on va tous les deux y passer beaucoup de temps, et les enfants risquent d'en pâtir.

— Céline, je comprends que tu puisses m'en vouloir d'avoir gardé des secrets, mais ils ne sont pas aussi nombreux que tu pourrais le croire.

— Alors je t'écoute.

— D'accord… Si tu m'expliques d'abord ce qui te prend, et ce que tu caches.

Hailàng n'avait proposé cela que pour tester la jeune femme, et il y eut de suite un résultat. Celle-ci avala sa salive et détourna le regard. Elle essaya de réagir avec discrétion, mais le vieil homme ne perdit pas une miette des plus menus détails à cueillir. Après tout, il savait aussi bien mentir que déceler les mensonges.

32

À l'aide de Nausicaa, la femme-méduse et les jumeaux se rendirent dans un autre Nérée. L'endroit se trouvait un peu plus en profondeur, mais surtout très éloigné sur le plan horizontal.

Comme une dizaine de minutes furent nécessaire à la traversée, Marvin et Naïa profitèrent de ce laps de temps pour découvrir de nouvelles merveilles de la nature. Ce qui les marquèrent cette fois-ci fut l'apparition soudaine d'un pic rocheux. L'obscurité des eaux empêchait de savoir à quelle hauteur se dressait le relief par rapport aux fonds marins, mais les enfants s'imaginèrent un mont solitaire haut de plusieurs kilomètres ; en un sens, ils voyaient juste. Nausicaa remonta le long du pic pour permettre à ses deux

jeunes occupants de profiter des fines aspérités de la roche
marine.

Toutefois, ces considérations géologiques furent supplantées par une rencontre avec un nouveau poisson. Son corps chamarré se mêlait au corail, et sans le bref mouvement qu'il se permit d'effectuer, et que les enfants eurent la chance de surprendre, il n'aurait rien transpiré de son existence. Nausicaa ne leur laissa le temps de voir qu'un détail supplémentaire : une antenne qui s'éleva comme une canne à pêche lancée vers les hauteurs. L'animal semblait vouloir ramener à lui un oiseau des profondeurs dont il pourrait se délecter.

Tandis que le groupe sortait du robot-méduse, retrouvant l'oxygène interne du Nérée, les plafonniers s'allumèrent l'un après l'autre, dévoilant peu à peu un interminable corridor. Plus les enfants se concentraient sur l'extrémité opposée du couloir, plus ils se demandaient s'il y en avait véritablement une. Leurs yeux s'habituaient au lointain quand la voix de la Scyphozoa résonna entre les parois d'acier blanc. En glissant son regard de l'infini décor à la guide toute proche, Marvin fut pris d'un certain vertige, comme si ses pupilles peinaient à faire la mise au point.

— Ici, murmura la femme-méduse, c'est l'Atoll. Cet endroit à jadis façonné notre présent.

Pour la première fois, les enfants purent tout voir du visage de leur accompagnatrice. De par leur petite taille, et se trouvant juste à côté d'elle, ils la jaugèrent de la même façon qu'ils avaient observé le pic rocheux. Les mâchoires étaient séparées par une fine crevasse qui s'étendait jusqu'à des oreilles qui se résumaient en deux simples orifices. La peau, elle, présentait un motif écailleux tout en paraissant gélatineuse ; seul un toucher aurait pu résoudre ce paradoxe. L'apparence des yeux n'était pas moins pittoresque, puisque ceux-ci apparaissaient immobiles derrière une membrane transparente. La Scyphozoa regardait toujours devant elle, mais son champ de vision devait être très large.

Naïa s'interrogea aussi sur un point particulier : le sexe de leur guide. Elle la percevait comme étant une femme, parce que celle-ci s'était présentée au féminin. Mais être une Scyphozoa impliquait-il d'être une femme ? Maintenant que Naïa observait ce visage qui semblait aussi peu femme que méduse, déterminer le sexe de l'accompagnatrice était une bonne excuse pour éviter une autre question : est-ce que cette inconnue était une authentique créature des océans ?

— Allons à l'essentiel, déclara la Scyphozoa en ayant l'air de réprimer les pensées de la fillette. L'Atoll est une architecture bâtie autour d'une merveille. Il permet d'examiner cette dite merveille, d'analyser son fonctionnement, d'en comprendre les mécanismes et d'en perfectionner la forme. Vous êtes trop jeunes et trop mal éduqués pour que je vous expose des comptes-rendus dont vous ne comprendriez ni l'orthographe, ni la portée scientifique et théologique. Ce qu'il vous faut, ce n'est pas non plus une explication sur la société que fut autrefois celle des Nérées, faite de rébellions, de recherches plus folles les unes que les autres, d'illusions venues de la surface et de trahisons… Tout cela a aussi peu d'intérêt pour des Têtards perdus tels que vous que pour des Têtards au fait de l'histoire des Nérées. Les implications politiques de cet endroit n'intéressent que les esprits les plus malicieux, ceux qui pensent qu'être adulte se résume à confronter des idéaux à d'autres, à se faire une place dans le monde, à accomplir quelque chose, ou encore à pousser plus loin ses réflexions. Ce qu'il faut à de jeunes pousses comme vous deux, c'est un respect de votre innocence encore inviolée. Suivez-moi, je vais vous montrer la merveille de cet Atoll, et si je vois juste à votre propos, je n'aurai presque rien de plus à expliciter.

Les jumeaux venaient d'écouter cette tirade sans broncher. Ils n'avaient pas imaginé que la Scyphozoa puisse se fendre d'un si long discours. Aucune émotion n'avait transpiré, aucune variation dans la voix, sinon celles destinées au respect de la langue. En revanche, ils sentaient bien qu'on les avertissait sur un point : ce qu'on allait leur montrer était important, et il fallait qu'ils soient concentrés pour en saisir le sens. Aussi, il leur suffirait de suivre leur intuition, de rejeter toute forme de pensée consciente.

Parmi les nombreuses portes qui tapissaient le couloir, l'une s'ouvrit sur une spacieuse cabine. Le groupe s'y engouffra, et une fois l'entrée refermée, le sol se mit à bouger de manière subtile. Marvin et Naïa eurent une brève peur, mais l'immobilité de leur guide leur laissa comprendre que rien d'anormal ne se produisait. Après une nouvelle oscillation qui chatouilla leur ventre, les enfants virent les portes se rouvrir sur un autre corridor, moins long que le précédent.

Il y régnait un silence trompeur. Au lieu d'un bourdonnement inexistant, ce silence faisait penser aux remous d'une eau stagnante. Ce son tournoyait alentour, tout en trouvant sa plus forte intensité droit devant. La femme-méduse, suivie par ses convives, avança d'un pas constant, jusqu'à se trouver en face d'un grand ovale aux mille couleurs dansantes.

Après quelques secondes, la forme coulissa vers le haut, révélant un indéfinissable décor. Il fallut que les jumeaux y pénètrent pour en saisir la nature. À droite comme à gauche s'étendait une longue passerelle qui auréolait un dôme de verre aux proportions titanesques. Les murs de la pièce étant peints en noir, l'intérieur du dôme n'en était que plus saisissant. Il s'agissait là d'un immense aquarium dont on pouvait faire le tour pour en contempler chaque parcelle. Et à bien y regarder, on voyait que la passerelle se subdivisait à un endroit précis pour transpercer l'aquarium jusqu'à atteindre une petite plateforme en son centre. À y regarder encore mieux, on comprenait que c'était le verre de l'aquarium qui se courbait pour laisser place à la passerelle.

Marvin et Naïa portèrent leur attention vers l'intérieur de l'aquarium. Ils n'y observèrent qu'une eau claire parsemée de minuscules bulles d'air qui remontaient par essaims. Certes, on discernait parfois des animaux nager dans cette eau azurée, mais leur taille était si infime que l'instant d'après, ils échappaient au regard.

Les enfants furent bientôt ennuyés et perplexes. Si c'était là la merveille qu'on leur avait promise, elle s'avérait somme toute décevante, surtout en comparaison des deux excursions faites au moyen du corps artificiel de Nausicaa. Ils en vinrent à afficher une moue interrogatrice. La femme-méduse, figée sous son ombrelle corallienne, parla en ne bougeant qu'à peine la bouche.

— N'attendez rien de moi. Visitez donc.

Pour accompagner l'invitation orale, elle effectua un geste inattendu. Son habit remua comme les tentacules d'une méduse, puis se fendit en un point distinct. De celui-ci s'extirpa un membre d'un gris anthracite aussi sombre que celui de son visage ; cinq doigts se déployèrent en dé-voilant une peau translucide entre chacun. Il fallut que le membre effilé soit tout entier exposé pour qu'on y recon-naisse sans le moindre doute un bras squelettique se termi-nant en une main palmée et luisante d'humidité. La Scy-phozoa balaya le décor d'un mouvement ample avant de ranger son bras inhumain.

Libres de se déplacer, les jumeaux ne se sentirent pas pour autant plus sereins. Ils marchaient côte à côte, surveil-laient les coins d'ombre de la pièce, et se retournaient par-fois sur leur préceptrice immobile. Comme ils ne s'étaient

pas concertés depuis longtemps, sinon par de discrets ric-
tus, ils attendirent d'être assez éloignés et firent un rapide
bilan de la situation.

— Tu crois qu'elle est gentille, demanda Marvin en un
murmure.

— Je sais pas, mais c'est une femme-méduse, comme la
princesse Ondine.

— Oui, mais on a inventé la princesse Ondine pour jouer.
Le prénom vient juste d'une leçon de Nausicaa. Je me souviens même pas de laquelle.

— C'était à propos des gens qui apprenaient des choses
aux enfants, non ?

— Ah oui, c'est vrai. Nausicaa avait dit que les femmes-
méduses étaient la forme « je-sais-pas-quoi » de l'humanité,
non ?

— La forme hadale.

— Ouais. Tu te souviens de ce que ça veut dire ?

— Non.

Les jumeaux se turent un moment pour s'assurer de leur
discrétion. La Scyphozoa n'avait pas bougé. Ils reprirent
alors la conversation.

— Du coup, murmura le garçon, on lui fait confiance ou
pas ?

— Bah, réfléchit un temps Naïa, t'as pas envie de savoir ce qu'elle veut nous montrer ?

— Bah si.

— Alors on regarde ça, et après on lui demandera si on peut rentrer à la maison. Je suis sûr que Shan sera content de savoir qu'on a appris plein de trucs.

— Ouais, il sera fier de nous. Ou peut-être qu'il va nous engueuler parce qu'on est parti sans demander la permission…

— C'est pas grave, il nous pardonne toujours.

— D'accord. De toute façon, si la femme-méduse est une copine de Nausicaa, elle doit pas être méchante.

— C'est vrai. Elle est juste un peu bizarre.

Les deux enfants s'offrirent un timide sourire. Se confier leur appréhension ne les avait pas beaucoup rassérénés ; toutefois, ils se sentaient soudés. Au moins étaient-ils ensemble, et cette escapade leur donnerait de quoi compenser leur longue absence.

Le passage circulaire se divisa bientôt pour permettre aux jeunes visiteurs d'atteindre le centre de l'aquarium. Les enfants s'y engagèrent, et comme promis, il n'y eut nul besoin d'explications pour justifier la construction de l'Atoll. En un rien de temps, leurs doutes s'effacèrent, et ils s'abreuvèrent avec avidité de la splendeur environnante. Ils n'auraient pas appelé ce lieu une merveille, mais plutôt un trésor submergé.

s'abreuvèrent avec avidité de la splendeur environnante. Ils n'auraient pas appelé ce lieu une merveille, mais plutôt un trésor submergé.

33

— Comment ça, le dormeur est parti en fumée devant toi !?

Hailàng arborait une expression de stupeur intense. D'autres mots s'apprêtaient à sortir de sa bouche entrouverte, mais il les retint, car ceux-ci auraient été lâchés sans retenue. Mener une dispute lui paraissait contre-productif, surtout si l'hypothèse qu'il formulait maintenant dans sa tête se révélait juste.

Céline déambulait sans but particulier. Le bleu diffus des écrans venait se mêler à sa chevelure rousse et à sa peau ivoirine pour former un tableau surréaliste. Elle semblait engloutie par un monde étranger ; d'ailleurs, elle-même ne savait plus vraiment où elle en était. Toujours fut-il que sa voix s'éveilla comme à son habitude, avec des notes de timidité et d'anxiété.

— Je sais pas ce qui s'est vraiment passé. Enfin, je me souviens de ce à quoi j'ai assisté, mais je n'ai aucune idée de ce que je dois en penser. C'est arrivé après la mort de Shan. Enfin, cette nuit, quoi.

Faire mention du tragique événement à haute voix fut un étonnement, autant pour Hailàng que pour la jeune femme. Cette dernière eut la respiration bloquée, comme si elle avait tenté d'arrêter sa phrase trop tard. Ses mains tremblèrent, et ses yeux s'humidifièrent. Peut-être allait-elle craquer, ce à quoi elle s'attendait depuis la veille. Mais une fois de plus, son esprit empêcha tout débordement d'émotion. Il était trop tôt pour que des flots de tristesse l'inondent.

— Céline. Raconte-moi ce qu'il s'est passé. Je ne suis pas sûr que tu comprennes à quel point ça peut avoir de l'importance.

— Tu me fatigues avec tes secrets, se hérissa l'autre.

— Je te révélerai mes secrets une fois que tu m'auras raconté ce qu'il s'est passé, je te l'assure. Si j'avais dit ça avant, tu aurais bien fait de douter de moi. Mais cette nuit, j'ai eu tout le temps de ressasser mes innombrables erreurs. Les seules personnes que je pourrais encore perdre, je ne les perdrai pas en gardant le silence. Alors fais-moi confiance une dernière fois, et je ne te décevrai pas.

Jamais Céline n'avait vu le père endeuillé si abattu. Si à trente-deux ans, on se sentait lasse de cette prison sous-marine, que pouvait-il en être au crépuscule d'une longue vie ? C'était souvent par le biais de cette pensée que Céline trouvait la force de supporter Hailàng. Elle ne lui avait jamais fait confiance pour autant, car le vieil homme ne jouait que trop bien son rôle. Mais pour la première fois, il paraissait incertain, vulnérable. Elle admit donc son honnêteté.

— Si tu te souviens bien, relata-t-elle, après qu'on ait reçu le message de Shan, hier, on a tout de suite essayé d'en savoir plus. Malheureusement, tu n'arrivais pas à grand-chose, et moi, à rien du tout. Déjà, je n'y connaissais rien en ordinateurs, et puis ça me demandait trop d'efforts de me focaliser sur ma tâche. C'est pour ça qu'au bout d'un moment, je suis partie en prétendant aller dormir. En fait, je ne savais même pas où aller, ni quoi faire. Pour te dire, sans même m'en rendre compte, je me suis retrouvée dans la première cave, alors que j'y avais pas mis un pied depuis longtemps. Mais je n'ai pas eu l'énergie de m'en inquiéter. Au contraire, on peut dire qu'en faisant le tour des objets qui se trouvaient dans la cave, j'ai presque eu l'impression de quitter cet endroit. Il y avait tellement d'objets que je ne connaissais pas… Ça occupait bien mes pensées, alors je suis aussi allée dans la deuxième cave. Pour être franche, quand j'ai vu la trappe ouverte, avec l'échelle qui y pendait encore, j'ai failli descendre. Vraiment, il m'a fallu du temps pour me rétracter. Histoire de me changer les idées, j'ai jeté un coup d'œil aux caisses de curiosités, et ça m'a d'ailleurs surprise à quel point on avait pu entasser des trucs dont on ne connaît toujours pas l'usage. Il n'y en avait pas tant la dernière fois que j'avais fouillé dedans. C'est bête, mais je me suis convaincue de pouvoir en tirer un miracle. Pendant des heures, j'ai fouillé les caisses en m'attardant sur chaque objet, comme une maniaque. C'est comme ça que j'ai trouvé un genre de rouleau fait d'une matière lisse. Je l'ai déficelé et déroulé devant moi. Ça ressemblait à une grande feuille destinée à prendre des notes ou à dessiner, mais si on l'avait mise avec les autres curiosités, c'était sûrement pour une bonne raison. On sentait quelques aspérités par endroits. En plus, peu importe comment on tenait la feuille, elle gardait la forme qu'on lui donnait. À force de la manipuler, j'ai corné un des coins, et j'ai compris qu'il y avait deux épaisseurs qu'on pouvait séparer. J'ai tiré sur ces deux épaisseurs jusqu'à me retrouver avec deux feuilles dans les mains. Sur l'une d'entre elles, il y avait un dessin en relief. Sur l'autre, j'ai trouvé comme des instructions sous forme de schéma. J'ai pas réfléchi, et je les ai suivies. En fait, le dessin pouvait se décoller pour être posé sur soi. J'ai pensé que c'était un ornement pour le corps, une espèce de bijou, si on veut. Ça ressemblait à une représentation artistique d'une paire de poumons, mais aussi à un arbre inversé, avec une tonne de couleurs qui se chevauchaient les unes les autres.

Céline posa une main sur sa poitrine. Sous son épais haillon, Hailàng imaginait la présence de l'ornement. Certes, cette découverte n'était pas inintéressante, mais le rapport avec le dormeur évaporé demeurait obscur. Hailàng fit en sorte de bien afficher sa perplexité.

— Attends, poursuivit Céline, tu vas comprendre pourquoi je te raconte ça. Une fois que j'ai collé cette chose sur moi, je me suis sentie un peu idiote. Comme j'arrivais pas à l'enlever, j'ai laissé couler ; je me disais que ça partirait avec un peu d'eau, alors je me suis rhabillée et j'ai été dans ma chambre. J'avais besoin de m'allonger un peu, de réfléchir à cette horrible journée. Évidemment, il n'y avait pas moyen de trouver le sommeil. Du coup, au beau milieu de la nuit, j'ai pas résisté à l'envie d'aller dans la chambre du dormeur, parce que cette pièce me permet souvent de retrouver mes repères. J'y suis entrée, me suis dirigée vers la bibliothèque, et me suis soudain souvenue de ce qui arrivait au dormeur ces derniers temps. Une fois de plus, j'ai voulu jeter un coup d'œil à l'endroit où sa peau se détachait. Il y avait toujours cette fine membrane derrière laquelle on devinait une étrange activité. Mais rien de plus. Enfin, c'était ce que je pensais. D'un coup… (Céline déglutit, sa voix s'ébranla, et ses yeux fuirent vers le plafond en se couvrant d'humidité.) D'un coup, le ventre du dormeur a comme… explosé de l'intérieur. Je veux dire, la fine membrane s'est déchirée de façon assez… chaotique. En même temps, une fumée grise et opaque en est sortie. Elle a tourbillonné au-dessus du dormeur… Il y avait des éclairs dedans… Je sais, ça paraît ridicule, mais j'ai vérifié ce matin, et le corps du dormeur était toujours éventré, et complètement vide, à part les os. En tout cas, je suis restée figée un long moment devant ce nuage gris. Il était tellement électrifié que j'ai pensé que j'allais me faire foudroyer d'une seconde à l'autre, surtout que l'ornement que j'avais collé sur mon buste se mettait à vibrer et à briller. Il y avait de plus en plus d'éclairs, et leur couleur devenait presque… diabolique. Au bout d'un mo-ment, il y a eu un flash si intense que j'ai instinctivement fermé les yeux. Même derrière mes paupières, je devinais la lumière intense de l'électricité. Et ensuite, plus rien. J'ai rouvert les yeux, et il n'y avait plus de fumée ou d'électricité dans la chambre. L'ornement avait aussi arrêté de vibrer. Je suis pas restée. J'ai couru me réfugier dans mon lit et je n'ai plus bougé jusqu'au matin. J'avais l'impression que cet orage allait revenir me chercher à tout moment, et je voulais pas t'en parlé, parce que j'avais du mal à y croire. Je sais pas ce que c'est que ce truc, Hailàng, et je sais pas où c'est parti, mais j'ai peur que ça finisse par devenir notre plus gros problème. En parallèle de notre recherche sur les jumeaux, j'ai tenté de trouver des informations dans les différentes bases de données du système, mais rien à faire. À chaque fois, ça me renvoyait à des vieux poèmes pas très clairs. Alors il faut que tu me dises ce que tu sais. Il le faut, parce que si on se bat chacun de notre côté, on saura bientôt plus où donner de la tête, et cet endroit de malheur va finir par nous tuer, comme absolument tous les membres de ma famille, et maintenant de la tienne.

Hailàng était abasourdi. Il ne put rien répondre, jusqu'à ce que la jeune femme s'approche à grands pas, se penche sur lui, et réclame à nouveau des explications. Elle fut alors surprise par la frayeur qu'elle inspirait au vieil homme ; il avait reculé la tête, les yeux ronds, comme si celle qui lui faisait face lui était parfaitement étrangère. Céline s'éloigna donc un peu, une expression interrogatrice sur le visage.

— J'ai une hypothèse, articula Hailàng. Enfin, vu ce que tu viens de me dire, c'est même plus qu'une hypothèse. Céline, tu te rends compte de ce qui ne va pas dans ton histoire ?

— Tu crois que je mens, s'énerva l'intéressée.

— Non, mais il y a des éléments dont tu n'es qu'en partie consciente.

— Crache le morceau. Merde quoi ! J'en ai marre que tu cherches constamment un moyen de tourner autour du pot.

— Bon, d'accord. Je vais être direct, si c'est ce que tu veux… Tu as toi-même dit qu'hier, tu n'arrivais à rien sur ton ordinateur, parce que tu n'y connaissais rien. En revanche, tu as aujourd'hui fait des avancées bien plus importantes que les miennes. On n'apprend pas l'informatique aussi vite, Céline. C'est impossible.

— Sauf quand il y a urgence.

— Non. Crois-moi, j'en ai connu des crises. Même dans ces cas-là, on ne s'improvise pas spécialiste des ordinateurs. C'est tout bonnement impossible.

— Alors pourquoi j'y suis arrivée ?

Céline commençait à comprendre le problème, et pourtant, elle refusait de s'y confronter. Il fallut qu'on le lui impose de vive voix.

— Tu as absorbé le dormeur, dit Hailàng en sentant un froid mordant parcourir son échine. L'ornement que tu as collé sur ton torse devait être la seule chose qui manquait pour faire de toi un… un réceptacle.

— Qu'est-ce que tu racontes ?

— Je pense que c'était une étape prévue depuis longtemps pour la guérison du dormeur. Je ne sais pas comment on peut transformer un homme en fumée, mais c'est ce qui a été fait. Il fallait bien que le corps soit délaissé. C'est déjà incroyable qu'un homme ait été maintenu en vie de la sorte.

— Et moi ? C'est bien beau que le dormeur soit guéri, mais ça veut dire quoi pour moi ?

— Je sais pas, mais il faut qu'on soit très prudent. J'espère qu'il n'y aura que des effets positifs jusqu'à ce qu'on trouve une solution.

Céline bafouilla quelques mots dont Hailàng ne comprit pas le sens. Elle agrippa son vêtement par le col et le tendit de sorte à voir l'ornement en baissant la tête. Sur son maigre torse, elle devinait le motif aux couleurs vives. Il s'agissait en effet d'une représentation de deux poumons reliés par la trachée, sinon que ceux-ci avaient été tracés de sorte à évoquer un arbre fantasque. Les feuillets pulmonaires étaient absents, laissant seuls les ramifications des bronches et des bronchioles. La nouvelle contemplation de cette parure ne fit qu'accentuer la confusion de sa porteuse. Elle hésitait à fuir la pièce, comme si cela pouvait l'éloigner de ses responsabilités ; déjà les muscles de ses jambes se contractaient-ils quand un puissant bip retentit.

— C'était quoi, s'alarma Hailàng. J'avais jamais entendu les ordinateurs faire ça.

Céline n'avait pas réagi le moins du monde. Le bruit l'avait certes empêché de partir en courant, mais son visage demeurait ce même nid dans lequel se lovaient défiance et doutes. Il fallut qu'un autre bip résonne dans la pièce, plus fort que le précédant, pour qu'elle daigne lâcher le col de son habit et relever la tête.

— Céline, dit l'autre en se levant avec difficulté. Ça vient de ton ordinateur.

L'homme se traîna vers l'appareil en question. Ce ne fut que lorsqu'il s'apprêtait à s'asseoir devant l'écran qu'il eut droit à une réponse ; celle-ci prit d'abord la forme d'une ruée vers le siège de l'ordinateur. Céline avait pris place juste avant son collègue, et il s'en était fallu de peu qu'elle le bouscule dans le feu de l'action. Elle ne parla qu'une fois bien installée, les doigts pianotant déjà sur le clavier.

— Parfait, jubila-t-elle. C'est le signal que j'avais programmé ; les jumeaux ont été localisés.

— Vraiment ? Est-ce que tu sais comment contacter Nausicaa pour les faire revenir ?

— Impossible. Pas depuis cet étage.

— Mais les enfants l'ont fait, non ?

— Grâce à la Guimbarde d'Ino.

— Tu parles de l'instrument de musique ?

Un instant durant, Céline parut perdue. Les connaissances jaillissaient si vite en elle, et pourtant, elle ne sentait pas sa personnalité s'étioler.

Hailàng se disait à peu près la même chose, alors qu'il regardait la jeune femme d'un air d'enfant recevant une leçon. Tout ce qu'il avait accumulé de savoirs s'était avéré bien dérisoire depuis la veille.

— Je crois, prononça lentement Céline en fouillant dans son esprit, je crois que Nausicaa ne peut pas recevoir d'instructions contradictoires. Si ça arrive, elle ne garde que la première en tête. On pouvait contourner ça, mais je ne sais plus comment… De toute manière, la personne qui veut garder les enfants en bas garde aussi Nausicaa. Donc même en contactant l'IA, on arriverait à rien.

— La personne qui veut garder les enfants en bas ?

— Oui, l'ordinateur détecte trois individus. Il me semble pouvoir déterminer l'identité de la troisième personne, mais l'idée est encore floue.

— Ne te surmène pas. Il ne faut pas que l'esprit du dormeur submerge le tien… Pas plus que le strict nécessaire.

Céline acquiesça pour signifier son accord, la tête tournée vers Hailàng. Elle se rendit ensuite compte que pendant ce temps, ses doigts avaient continué de marteler les touches du clavier avec précision.

— Je suis en train de lancer une sorte de protocole de sécurité. Nausicaa n'est qu'un outil automatique, elle ne contrôle pas les Nérées. D'ici, on peut accéder à des fonctionnalités qui ne dépendent en aucun cas d'elle.

— Et de quel protocole tu parles, s'inquiéta Hailàng.

— Ne te fais pas de soucis. Il s'agit juste d'une mesure visant à prendre contact avec les enfants et l'inconnu. On ne pourra pas communiquer directement, mais on pourra faire comprendre qu'on souhaite le retour immédiat des petits.

— Tu veux dire, envoyer une menace ? On ne sait même pas qui accompagne les enfants, alors ça pourrait aussi les mettre en danger.

— On ne sait peut-être pas qui les accompagne, mais j'ai comme l'impression qu'ils sont déjà en danger. J'espère que tout ça va se clarifier avant qu'il ne se passe quelque chose d'irréversible. Hailàng, pour être honnête, j'ai même le sentiment qu'une bataille s'est déjà engagée entre nous et l'inconnu. Il ne s'agit pas d'entrer en conflit, mais de répondre à une offensive.

Hailàng ne dit rien ; il laissa faire Céline en affichant un regard neutre. Si on avait enlevé les enfants pour les retenir prisonniers des profondeurs de l'océan, il était sans aucun doute nécessaire de passer à l'action. D'un autre côté, il était presque certain que Naïa et Marvin avaient demandé d'eux-mêmes à l'IA de les conduire à un étage inférieur. Où pouvait donc se trouver la vérité ? Peut-être qu'il n'y avait là aucune contradiction…

Hailàng songea aussi qu'il se trouvait dans le camp de Céline, et donc aux côtés du dormeur. D'ailleurs, ce dernier semblait plus présent depuis que Hailàng avait révélé ce que ses propres parents savaient auparavant. D'importantes questions s'imposèrent donc. Le vieil homme était-il dans le bon camp ? Et s'il y avait bien deux camps, quelle était l'enjeu de la bataille ? Marvin et Naïa ? Dans quel but ?

Quand Céline avait conduit Hailàng auprès du dormeur, elle s'était montrée avide de vérités. Cela lui avait permis d'apprendre que le dormeur se nommait Neven. Toutefois, Hailàng s'était bien gardé de lui dire le plus important. Dorénavant, il s'en félicitait, car la jeune femme aurait bâti des plans insensés à partir de ce secret primordial. Mais cela ne durerait pas, puisque Neven, lui, serait plus bavard. Ses souvenirs s'ancreraient au plus profond de l'esprit de Céline.

Le père de Hailàng, se croyant un jour à l'abri de jeunes oreilles curieuses, avait déclaré à sa femme : "Les ordinateurs ont révélé le nom de Neven. Apparemment, il aurait été mis dans le coma pour être transformé en une sorte d'être immortel. Je pense que c'est une exagération, peut-être liée à des considérations religieuses ou politiques. Mais une dernière chose s'est affichée sur l'écran, et c'est assez parlant. C'est le nom du projet dont le dormeur serait la clef de voûte : *Retour aux cieux*."

34

Situés en plein cœur de l'aquarium, Marvin et Naïa n'avaient qu'à tourner sur eux-mêmes pour en apprécier toute la richesse esthétique. De l'autre côté des vitres, mais comme à portée de mains, des coraux se mêlaient dans un chaos omnicolore. De nombreuses créatures s'y camouflaient, tels des hippocampes aux roseurs bosselées, des pieuvres à l'épiderme rocheux, ou encore des crabes constellés de piques. La nature se superposait à elle-même, et les enfants la déshabillaient du regard, couche après couche.

Ils découvrirent alors que certains coraux étaient en réalité des algues, ou bien des proéminences minérales. Mais le tout se confondait si bien que l'instant suivant, le détail tout juste repéré disparaissait à nouveau. Puis, quand on retrouvait trace de la merveille débusquée au sein du trésor corallien, un poisson diapré détournait l'attention en nageant à vive allure.

Pour la première fois, les enfants prenaient conscience de l'extrême complexité des océans. Un décryptage des mécanismes à l'œuvre dans l'aquarium aurait été un travail laborieux. En conséquence, observer l'océan lui-même revenait à s'élancer dans une entreprise folle. C'était là une des raisons d'être de l'Atoll : observer la nature à une échelle plus humaine. La Scyphozoa vint préciser cette pensée qu'eurent les jumeaux.

— Agencer un aquarium, créature par créature, élément par élément, c'est peu à peu recréer l'harmonie de l'Univers.

Ces paroles en tête, les enfants affinèrent leur jugement. Ils ne savaient rien de l'univers, sinon qu'il comprenait absolument tout, où plutôt, qu'il était tout. Marvin s'imagina donc que ce qui composait en majeure partie le tout, c'était une matière invisible, semblable à l'eau, et qui permettait la vie. À son échelle, l'eau était-elle l'air ? Mais il lui fallait et de l'air, et de l'eau pour vivre. Il y réfléchit bien, et vit des bulles s'échapper du corps d'un poisson, ce qui lui suggéra qu'il y avait toujours équilibre des éléments. Naïa se concentra davantage sur le corail en lui-même. Les Nérées ne pouvaient-ils pas être des anémones dans lesquelles tous vivaient à l'écart du danger ? À moins que les structures sous-marines ne soient, comme l'aurait pensé Céline, des pièges tendus par un prédateur et desquels il fallait se dépêtrer.

— Vous ne trouverez pas de solutions ici, dit la Scyphozoa. Observer et réfléchir ne suffit pas. Les différentes formes adoptées par l'Univers se ressemblent parfois du seul fait de notre perception limitée. La vérité se trouve au-delà de nous. En revanche, vous pouvez vous concentrer sur ce qui se trouve un peu plus loin dans ce récif corallien ; un détail important vous a échappé.

Après une longue minute de silence contemplatif, Marvin fut le premier à deviner de quoi il retournait. Il tendit un doigt pour partager la découverte avec sa sœur, puis tous deux s'efforcèrent de saisir le sens de ce qu'ils voyaient.

Tout autour des enfants et de leur guide, plus où moins loin, de grandes silhouettes dépassaient du corail. Pour être plus précis, le corail se servait de ces hautes formes comme supports. À cause de cela, identifier les silhouettes semblait impossible. Naïa tenta malgré tout sa chance.

— Le corail forme des colonnes pour aller jusqu'au plafond de l'aquarium ?

La Scyphozoa ne répondit pas, et son visage ne trahit aucune réaction. Pourtant, Naïa se disait que la plus grande partie de l'aquarium ne pouvait pas rester vide sans une bonne raison. À moins que ce ne fut là qu'une impression. Si le corail se contentait de couvrir le fond, ce ne pouvait pas être le cas des poissons. Certains devaient déjà se trouver au-dessus. En levant son regard, tandis que le frère restait focalisé sur les silhouettes, Naïa espéra débusquer une autre forme de vie. Elle n'eut pas à attendre longtemps avant de percevoir un vague mouvement ; puis un autre. Elle vit alors un spécimen étrange qui disparut la seconde suivante.

— Là, montra-t-elle d'une main assurée. Il y a des poissons sans peau, et plusieurs différents. On dirait des squelettes de poissons. On les voit à peine, mais ils brillent un peu... Ils sont beaux.

— Tu as l'œil, évalua l'accompagnatrice. Ces types de poissons ont une peau, mais elle nous est invisible. Jadis, on les appelait poissons de verre, ou poissons-fantômes. Mais ce n'est pas ce dont je parlais... Ton frère semble l'avoir repéré, n'est-ce-pas ?

Marvin tourna un peu sa tête, cependant que ses yeux demeuraient rivés sur les hautes silhouettes. Avant de prendre la parole, il voulait s'assurer que ce qu'il voyait n'était pas une tromperie. Au moment où sa sœur s'apprêtait à lui parler, il pivota tout son corps vers la Scyphozoa. Cette dernière fut jaugée du bas de son habit jusqu'à son ombrelle. Aussi, le semblant de sourire qui se dessinait sur son visage n'échappa pas au garçon qui y reconnut une confirmation de sa théorie.

— Y a des gens comme vous, dit Marvin.

Aussitôt le constat énoncé, la fillette comprit à son tour de quoi il retournait. Les silhouettes avaient une forme quasi humaine. Aux rares endroits où le corail était absent, on devinait une peau anthracite et épaisse, identique à celle de la Scyphozoa. La seule différence, c'était qu'au lieu d'avoir des ombrelles, les formes arboraient des proéminences aux formes variées, rappelant là la corne d'un narval, ici la tête d'un requin-marteau, ailleurs la bosse d'un bolbometopon ou les saillantes branchies d'un axolotl.

— Celles-là sont des cadavres, dit la femme-méduse.

Les jumeaux frémirent. Bien qu'on n'essayait pas de les effrayer, savoir qu'ils assistaient au spectacle de mortes fusionnées avec le récif corallien les perturbait. Ils cherchaient à comprendre pourquoi il fallait qu'ils voient cela, et en faisant le lien avec l'histoire de l'aquarium et de l'univers, ils trouvèrent bientôt la réponse. La Scyphozoa avait déclaré qu'aucune explication n'était nécessaire ; elle n'avait fait que les guider vers une vérité qui faisait écho à leur plus grand rêve.

— Elles étaient pas en harmonie avec l'Univers, interrogea Marvin. Parce qu'elles pouvaient pas respirer dans l'eau ?

— Mais vous, ajouta la jumelle, vous êtes une femme-méduse. Vous pouvez vivre sous l'eau, non ?

— Non. Et je suis trop âgée pour m'adapter. Aujourd'hui, je ne pourrais survivre dans l'eau que durant 51 heures. Celles que vous voyez là ont essayé de tenir bien plus longtemps, afin de rejoindre l'Univers. Puisque je suis la dernière Scyphozoa, je ne pouvais pas me permettre d'essayer aussi.

Le message était limpide : si la femme-méduse était trop âgée pour accomplir son destin, ce n'était le cas ni de Marvin, ni de Naïa. Ces derniers le lurent dans les yeux inexpressifs de la Scyphozoa, et ils éprouvèrent le même sentiment indicible.

Alors qu'on commençait à se pencher sur eux pour mieux expliquer ce qui s'ensuivrait, une alarme retentit dans tout l'Atoll. Elle dura peu, mais son intensité suffit à alerter le groupe. La préceptrice fut même la plus étonnée, et de sous son habit s'extirpa à nouveau une main squelettique. Entre ses doigts se trouvait un rouleau qu'elle laissa se déployer devant son visage. L'objet s'illumina et afficha aussitôt le même type d'interface que les écrans du centre de contrôle.

Pendant ce temps, une voix succéda à l'alarme. Elle était aussi atone que celle de Nausicaa, sinon davantage. Surtout, ce qu'elle se mit à raconter ne souffrait pas la moindre ambiguïté.

Les Têtards Marvin et Naïa sont attendus dans le Fonticulus… Les Têtards Marvin et Naïa… Que leur Factotum les accompagne sans délai jusqu'au Fonticulus.

— Qui les sollicite, demanda la Scyphozoa.
Un long silence.

Le régent Seiten.

— Il n'y a plus de régents dans les Nérées.

Un nouveau silence, plus étiré que le premier.

Le factotum est prié d'amener les Têtards au Fonticulus, ou d'affecter Nausicaa à cette tâche.

— Qui les sollicite ?

Pour la première fois, la voix de la femme-méduse était empreinte d'une intensité émotive. Chaque syllabe, nettement détachée de ses voisines, menaçait de faire sourdre une colère ancestrale. Pourtant, il n'y eut aucune réponse.

La Scyphozoa prit donc le chemin de la sortie, enjoignant les jumeaux à la suivre. Sa lente démarche avait laissé place à un certain empressement, et il fallait que les enfants trottinent derrière pour ne pas être distancés. D'ailleurs, ces derniers se lançaient quelques discrets regards dans lesquels prenaient vie maintes inquiétudes ; ils s'imaginaient que Shan les cherchait, que Hailàng exigeait leur retour depuis le centre de contrôle, et que Céline faisait une nouvelle crise par leur faute.

— Vous êtes descendus de votre plein gré, interrogea la Scyphozoa.

— Oui, répondirent tour à tour les jumeaux.

— C'est vos parents qui se trouvent là-haut ?

— Non, dit Naïa. Il y a Shan, Céline et Hailàng.

— Des adultes ?

— Oui… Vous voulez leur parler ?

— D'ici, c'est impossible. Toute communication humaine est bancale quand elle passe par les mots, parce que les mots ont un sens différent dans chaque cerveau. C'est pourquoi les Nérées sont des secteurs distincts, et ils ne communiquent qu'à travers des IA multiples.

— Pour mieux se comprendre, intervint timidement Marvin.

— Oui. Pour limiter les malentendus.

— Mais vous pouvez venir avec nous là-haut ?

— Non. Ce qui vaut pour les paroles vaut aussi pour les déplacements. À chacun son secteur. Seuls les Têtards peuvent se déplacer à leur guise, sans aucune restriction.

— Les enfants, demanda Naïa qui eut pour réponse un hochement de tête. Pourquoi eux et pas les autres ?

— Parce que les définitions qu'ils assignent aux mots sont plus pures, plus élémentaires. Comme les créatures marines, ils parlent sans arrières-pensées. Ou plutôt, leurs pensées sont moins artificieuses que les nôtres.

— Shan dit toujours la vérité, déclara Marvin.

— Une croyance pure, une utopie de Têtards. Mais celui dont tu parles a sans doute grandi dans l'illusion.

— Et vous, questionna Naïa.

Ces propos signèrent la fin de la discussion. La fillette ne cherchait pas à vexer la femme-méduse, mais à défendre Shan. Comme Marvin, elle ne pouvait concevoir que son père de substitution soit un menteur.

D'un côté, il y avait Hailàng et Céline qui gardaient les choses pour eux-mêmes ; de l'autre, il y avait les jumeaux qui, à l'instar de Shan, ne formulaient que d'innocents mensonges, trompant à peine la réalité. C'était là leur conviction, et même une femme-méduse, aussi gracieuse et mystique soit-elle, ne pouvait l'altérer. Pas sans preuves. Pas avec des mots.

35

L'ordinateur donna une synthèse écrite de la procédure lancée par Céline :

Message transmis :

« Les Têtards Marvin et Naïa sont attendus dans le Fonticulus... Les Têtards Marvin et Naïa... Que leur Factotum les accompagne sans délai jusqu'au Fonticulus. »

Identité de l'émetteur réclamée par le Factotum.

Message transmis :

« Le régent Seiten. »

Déni du Factotum.

Message transmis :

*« Le factotum est prié d'amener les Têtards au Fonticulus, ou
d'affecter Nausicaa à cette tâche. »*

Pas d'annonce d'entrée au Fonticulus.
Pas de bathyscaphe en approche.
Silence radio des IA.
**En cas de problème, le régent est invité à contacter un
Inspector.**

Céline savait comment accéder à cette dernière option.
De toute façon, Hailàng aurait aussi pu s'en occuper,
puisque l'écran affichait maintenant un lien permettant de
contacter le centre des Inspectors. Mais ces derniers avaient
bien sûr disparu depuis longtemps, comme le reste des ré-
sidents de ces lieux.

Les deux informaticiens se contentèrent donc de suivre le
déplacement des enfants et de leur mystérieux accompagnateur. En parallèle, ils poursuivirent leurs recherches, et
découvrirent peu à peu les usages des Nérées. Tout semblait tourner autour des Têtards ; c'était un terme désignant
les enfants, et leur éducation primait sur le reste. Chacun

d'entre eux était assigné à un professeur particulier, nommé Factotum. Aussi, ils pouvaient aller où ils voulaient, et apprendre ce qu'ils voulaient, au gré de leurs envies. Tant qu'ils embrassaient de nouveaux savoirs, les Têtards demeuraient libres. Des documents expliquaient pourquoi il ne fallait pas imposer un ordre à l'apprentissage, la raison principale étant que l'on retient mieux ce que l'on choisit d'apprendre, et très mal ce que l'on nous force à assimiler. Mais ces considérations intéressaient surtout Hailàng.

De son côté, Céline passa vite à autre chose. Elle étudia les systèmes de défense des Nérées, le rôle des Inspectors et la pluralité des IA. Comme elle aidait souvent Hailàng à accéder à tel ou tel dossier informatique, sa concentration n'était pas optimale. Cependant, elle put découvrir diverses méthodes d'interaction avec les autres Nérées, toujours en transitant par les IA. Le problème : seul un état d'urgence permettait d'employer ces méthodes, et Céline ne savait comment l'établir.

Bientôt, les enfants cessèrent de se déplacer. Plusieurs heures durant, ils demeurèrent dans la même salle, et l'accompagnateur finit par les y laisser seuls. La carte permettait de déterminer la nature de l'endroit : une vaste chambre. Hailàng et Céline convinrent que les jumeaux s'y reposaient. Ce constat les fit prendre conscience qu'eux-mêmes étaient épuisés. Ni leur corps, ni leur esprit ne pouvaient supporter une autre nuit sans sommeil. Ils installèrent deux vétustes couvertures dans le centre de contrôle et tentèrent d'en apprécier le moelleux. Le fait de sentir la dureté du sol en dessous ne les empêcha pas de sombrer en une poignée de minutes.

Hailàng ouvrit les yeux sur un plafond de verre derrière lequel scintillait la surface de l'océan. Le soleil paraissait haut perché, ce qui lui fit comprendre que son sommeil avait été long. Il bailla, puis se leva sans hâte. Si ses membres lui semblaient lourds, au moins une énergie neuve affluait-elle dans son cerveau ; la journée n'en serait que plus productive.

Sans surprise, le vieil homme nota la présence de Céline derrière l'ordinateur. Depuis combien de temps travaillait-elle ? Il n'aurait su le déterminer, mais il pariait sur plusieurs heures.

En revanche, il fut étonné par un geste de la femme ; sa main faisait des allers-retours entre le clavier et sa bouche. Hailàng s'imagina d'abord un déjeuner accompagnant les recherches, quand une fumée blanche et épaisse s'échappa d'entre les lèvres de Céline. Il approcha en envisageant le pire.

— C'est le dormeur, demanda-t-il d'une voix mal éveillée.

Céline jaugea son compère, puis l'objet qu'elle tenait dans la main, suite à quoi elle exhiba un sourire railleur.

— J'ai trouvé une sibiche, répondit-elle comme si la chose était évidente. Quoi !? Ah, c'est vrai que tu ne dois pas connaître. C'est une machine qui sert à fumer.

— À fumer ?

— Ce modèle-là contient un produit relaxant. C'est très doux, et ça permet de réduire le stress. La fumée, c'est juste pour le côté divertissant. Me demande pas d'où vient cette drôle d'idée.

Comme pour faire une nouvelle démonstration de l'objet, Céline le porta longtemps à sa bouche avant de cracher un brouillard opaque qui s'estompa aussitôt. L'action était contre-nature, du moins fusse la pensée de Hailàng. Ce dernier se demandait pourquoi souffler de la fumée amusait tant Céline. Il restait encore des relaxants dans les sous-sols, et il suffisait de les glisser sous la langue pour qu'ils fassent effet. Outre ces détails, Hailàng s'inquiétait de ce sourire dans lequel il ne reconnaissait pas celle qu'il avait pourtant vu grandir.

— Les souvenirs du dormeur ont continué à se déployer dans ton esprit, pas vrai ?

— J'ai bien réfléchi, Hailàng. Si je me sentais un peu confuse hier, ce n'était pas à cause de Neven. En fait, je tentais de dissocier mes souvenirs des siens, de construire une barrière entre les deux. Mais le cerveau stocke tous les souvenirs au même endroit, sans distinction. Tant que je n'oublie rien, je reste Céline. Et tant que j'intègre la mémoire de Neven, je deviens lui. Donc, je serais deux personnes à la fois. C'est inévitable, et ça ne me déplaît pas.

— Moi, ça me préoccupe.

— Hey, j'en sais beaucoup plus qu'hier. (Céline adopta une posture fière et fuma brièvement.) Sans Neven, on arrivera pas à récupérer les jumeaux. Tu sais ce que c'est qu'une Scyphozoa ?

Hailàng était pris de court. Il aurait souhaité approfondir le sujet de la double personnalité, car lui aussi avait élaboré des théories, et la plupart comportaient leur lot d'ennuis. Par exemple, il y avait le scénario dans lequel les souvenirs de Neven, trop nombreux, venaient à effacer ceux de Céline. Autre possibilité, celle où la mémoire de Neven ne reflétait qu'une réalité tronquée, menant ainsi à de graves erreurs. Pire encore, la résurgence du dormeur mettait la mort de Shan au second plan, alors que cet évènement devait laisser place à un deuil sérieux et guérisseur.

D'ailleurs, la disparition de Shan avait changé son père sur un point fondamental : la vérité était certes dangereuse, mais les secrets l'étaient d'autant plus. En fait, le problème résidait toujours dans la vérité. Celle-ci était traitée comme un ballon d'air que l'on tente de cacher le plus profondément possible sous une eau noire. Il n'y avait ensuite rien d'anormal à ce qu'elle finisse par émerger avec violence.

Hailàng sentait que Neven était homme à maintenir de nombreux ballons sous l'eau, de la même façon qu'il le faisait lui-même. Ainsi, quand Céline et Neven réunis lui demandaient s'il voulait savoir ce qu'était une Scyphozoa, il comprenait : « Toi et moi devrions laisser couler. Maintenant que le dormeur est éveillé, c'est à lui de mener la danse. »

En dépit de sa clairvoyance, le vieil homme n'avait pas le choix. À quoi pouvait-il parvenir, seul devant des écrans indéchiffrables ? Il pensa donc beaucoup, mais ne dit rien, ne montra rien, jusqu'à ce que la jeune femme réponde à sa propre question.

— Les Scyphozoas sont les derniers types de Factotums en date. Il ne s'agit que de femmes, par soucis d'affiliation avec la déesse Ino. Pour être clair, disons que les Factotums sont des professeurs dévoués à leurs élèves, là où les Scyphozoas sont des fanatiques au service d'enfants élus.

— Des enfants élus ?

— À l'époque où les Nérées n'étaient pas encore des structures désertées, la société suivait une idée maîtresse : les enfants sont une clef de voûte. Par conséquent, parents et professeurs pouvaient bien se permettre quelques remontrances, les enfants avaient toujours le dernier mot. Ça ne marchait pas si mal, surtout grâce aux IA telles que Nausicaa qui constituaient des sortes de pondérateurs. Elles dispensaient des cours particuliers, parfois à plusieurs élèves en même temps, en pleine nuit ou durant un repas. Aussi, elles pouvaient servir d'assistantes sociales, de psychologues, de témoins, de médecins, ou bien de modestes confidentes, car elles cherchaient toujours à comprendre, sans jamais juger.

— Quelque chose dans ta voix me dit qu'il y a un hic.

— Neven a fait partie de ceux qui ont vu venir les problèmes en avance. Entre la déesse Ino, l'étrange domination des enfants sur les adultes, ou le rôle trop important de

Nausicaa dans la société, il s'est vite représenté le problème des enfants élus.

— Des enfants amenés à diriger une société en ayant grandi comme des rois ?

— Pas seulement. Des enfants amenés à rencontrer Ino.

— Ino existe ?

— Je ne suis pas sûr que Neven le sache vraiment. Mais il sait que réelle ou non, Ino représente une obsession néfaste. Bien que les Scyphozoas aient pour rôle d'enseigner aux enfants, leur objectif final va bien au-delà de ça. Les enfants élus sont un concept selon lequel l'être humain peut évoluer plus vite grâce à la déesse et en harmonie avec son nouvel environnement.

— L'océan ? Tu parles de… d'enfants-poissons ?

— D'où le nom du livre *Retour aux Eaux*. Comme le dauphin ou la baleine, on s'imagine des humains qui redeviennent des mammifères marins. Une absurdité…

— Pourquoi ça ? Enfin, c'est vrai que cette histoire de déesse Ino est bizarre, comme le fonctionnement des Nérées, mais faire le deuil du monde de la surface est une bonne chose. D'ailleurs, il est naturel que la culture et la religion s'adaptent à l'environnement, alors pourquoi pas l'humain lui-même ? Sans dire que j'adhère à l'objectif des Scyphozoas, je te trouve bien catégorique sur la question.

— Tu ne sais pas de quoi tu parles, grinça soudain Céline. Nous vivons dans une prison, entourés d'une eau sinistre, privés de la chaleur du soleil. Si on doit changer, il faut que ce soit pour retrouver notre place, pas pour plonger dans les abysses.

— Qui parle ? Toi ou Neven ?

— Réfléchis. L'avis de Neven suit parfaitement le mien. Pour une fois, j'ai affaire à une personne qui me comprend et qui vise le même but.

— Et Shan ?

Une moue de culpabilité était attendue sur le visage de Céline, quand seule une grimace de mépris et de condescendance parut. Shan semblait déjà appartenir à un lointain passé aux yeux de la jeune femme, et si elle ressentait encore de la peine pour son défunt ami, cette même peine se noyait sous sa haine des Nérées.

— Céline, dit Hailàng sur un ton d'intimité. Est-ce que tu penses que Shan est mort pour rien ?

— Autant que mes parents, que sa mère, ou que tous les autres… (L'autre déglutit et baissa la tête.) Je ne cherche pas à salir leur mémoire, mais il est inutile de chercher à embellir leur mort. Ils ont fait l'erreur de s'attaquer aux Nérées à l'aveuglette, et je sens que tu hésites à le faire aussi. Personnellement, je vais surtout chercher à fuir cet endroit. Je ne veux pas abandonner les enfants derrière moi, et j'ai besoin de Neven pour les récupérer. À vrai dire, sans Neven, il est même impossible de fuir seule. Et pour améliorer nos chances, j'ai réactivé Sorayaa.

En achevant sa phrase, Céline se tourna vers son écran. Il semblait qu'à ses yeux, la discussion était à présent close. Bien sûr, Hailàng ne fut pas de cet avis ; il devait d'abord savoir ce que « Sorayaa » signifiait.

— Il faut que tu m'expliques de quoi tu parles, Céline. Le dormeur, Neven, qu'importe ce qu'il a été il y a longtemps et ce qu'il a combattu, on ne peut pas lui faire confiance. Parle-moi de Sorayaa, qu'on puisse prendre une décision ensemble.

— C'est marrant, je pensais vraiment que tu en savais plus sur les Nérées. En fin de compte, tu n'es qu'un faux savant parmi une famille d'ignares. J'étais la plus déboussolée de tous, toi le détenteur de tous les secrets, et regarde comme ça s'est vite inversé. Mais ne t'inquiète pas, Sorayaa n'est qu'une IA.

— De quel genre ?

— Les secrets sont rageants, hein ?

— Céline !

La jeune femme ignora l'injonction et se contenta de prendre une grande bouffée de sibiche. À n'en pas douter, elle ne considérait plus Hailàng comme un collègue, et en crachant sa fumée vers lui, elle rendit le message plus explicite encore.

Le silence de Céline s'épaississant de plus en plus, Hailàng se résolut à retourner à son bureau. Ce qui s'annonçait comme une longue journée de recherche commune s'était déjà muée en une compétition. Le premier défi qui attendait Hailàng était celui d'apprendre la vérité sur Sorayaa avant que cette IA ne devienne un pion de trop grande importance dans la partie.

Sur les écrans, les deux points qui représentaient Marvin et Naïa furent rejoints par celui de la Scyphozoa.

Chapitre IV : yn klɛpsidʁ afɔle

36

Une lumière flottait dans les eaux noires ; peut-être une étoile noyée dans un océan d'encre. Elle se déplaçait à douce allure, tandis que l'obscurité se laissait glisser sur elle. Et plus les ténèbres gagnaient en densité, plus l'étoile irradiait en retour. Sa destination se trouvait à l'écart de la surface, à l'abri des lueurs astrales, dans un abîme d'incertitude, au cœur des abysses.

En approchant de l'étoile, on distinguait sa palpitante teinte rosée. Aussi pouvait-on envisager sa forme à la fois simple et complexe : un dôme transparent suivi de longs traits ondulants. En fait, l'étoile paraissait davantage comète filant au travers du néant. Rien ne venait entraver son cheminement ; des formes indistinctes semblaient même lui constituer une haie d'honneur.

Mais la comète ne suivit sa trajectoire rectiligne qu'un temps. Son corps vira de bord tandis que ses longs traits se mirent en impesanteur. Ensuite, elle partit de nouveau à toute allure, cette fois-ci tournée droit vers les plus noires profondeurs de l'océan céleste.

Un halo de lumière entoura soudain la voyageuse. Elle dévoila alors ses plus fins détails qui mêlaient animalité et machinerie. Les longs traits étaient à la fois innombrables tentacules et équilibreurs de précision. De même, le dôme diaphane pouvait être vu comme un organe de propulsion agrémenté d'yeux discrets, mais aussi comme un étroit habitacle.

Et Nausicaa, la comète voyageuse à l'allure de méduse bioluminescente, portait en elle deux élèves et une préceptrice. On ne comprenait son immensité que lorsqu'elle venait à croiser le chemin d'animaux massifs ; car à côté de la méduse-automate, les calamars géants paraissaient maigres, quand les requins grisets ne la menaçaient que de légères bousculades.

Tandis que la descente se faisait dans une totale sensation de quiétude, en dépit des ténèbres environnantes, la préceptrice pouvait exposer la situation à ses élèves.

— D'abord, pour être sûr que vous m'ayez bien comprise hier, je tiens à me répéter. Si votre histoire de « dormeur » est vraie, et je n'en doute pas au vu des circonstances, il ne faut pas que vous retourniez voir les vôtres. Ceux-ci ne le voudraient pas, pour votre propre sécurité. Ce « dormeur » est sans doute réveillé, et je sais qu'il est une calamité, un individu instable et frénétique. Si vous aimez l'océan autant que vos regards le suggèrent, vous faîtes bien de me suivre. Toujours d'accord, jeunes Têtards ? Sachez que c'est vous qui décidez.

— Vous êtes sûr que Céline et Shan sont en sécurité, demanda Naïa d'une faible voix.

— Vous leur faîtes confiance ?

Marvin acquiesça, suivi de près par sa sœur qui décida de taire ses inquiétudes.

— Alors ils le sont, affirma la Scyphozoa.

Cette dernière observa un temps les jumeaux, comme pour s'assurer qu'ils la suivaient bien par conviction. Son regard fixe et inhumain ne filtrait aucune émotion, de même que sa posture et sa bouche de pantin sévère. Elle

avait beau être une femme-méduse, sans son ombrelle co-
railleuse et sa robe élimée, elle aurait surtout paru à demi
ichthyique, poisson de forme humaine, monstruosité maré-
cageuse. Et pourtant, les jumeaux commençaient à
l'apprécier, car elle était la seule à nourrir leur passion pour
l'océan. Là où les livres n'apportaient que des données ri-
gides, elle donnait à voir l'ambivalence d'un vaste univers.

— Je lis la confiance en vous, reprit enfin la femme-
méduse. Se laisser porter par le courant est une qualité dont
vous aurez besoin toute votre vie durant. À l'inverse, remonter une cascade peut valoir une peine inutile.

— Où allons-nous, demanda sans pincettes Marvin.

— Est-ce qu'on va tout au fond de l'océan, supposa la
jumelle.

— Nous y sommes déjà, leur répondit-on en montrant
l'extérieur d'une maigre main.

Au début, les enfants ne perçurent rien de ce qu'on venait de leur annoncer. Le halo de lumière de Nausicaa
n'éclairait que d'innombrables poussières de roches qui
tournoyaient dans les eaux. Quelques silhouettes de poissons passaient à l'orée de la lumière, et bien qu'elles paraissaient étranges, on distinguait toujours têtes, queues et nageoires.

Puis Nausicaa changea de direction. Une fois de plus, les jumeaux ne sentirent aucune secousse ; l'intérieur de l'habitacle pivota pour garder les passagers à la verticale, tandis que le robot-méduse poursuivait la descente en suivant une douce pente. Alors, sous les pieds de Naïa et de Marvin apparut soudain le plancher océanique.

Ils s'étaient attendu à un déluge de couleurs, se basant sur ce qu'ils avaient vu des récifs coralliens. La réalité différait de beaucoup. Déjà, anémones et coraux n'apparaissaient qu'en de rares points, et leur teinte pâle ne se fondait que trop à la roche grisâtre. Ensuite, il semblait que les animaux aux couleurs les plus vives tenaient à masquer leur existence. On ne percevait par là qu'un tentacule qui se rétractait sous une pierre, alors qu'ailleurs, un œil brillait sous un nuage de poussière.

Jusque-là vaste plaine, le plancher océanique fut bientôt hérissé de hautes cheminées rocheuses. L'extrémité de ces monts difformes crachait de courtes flammes bleues desquelles jaillissaient ensuite de sombres fumées. Mais si ce spectacle surprenait les enfants, ce qui les intéressait davantage se trouvait sur les flancs de ces cheminées. En effet, de multiples formes de vie les parcouraient, tantôt familières, tantôt abstraites. Des crabes couleur calcaire côtoyaient des mollusques à l'apparence surnaturelle.

La grande vitesse de Nausicaa ne permettait pas de tout observer dans le détail, cependant qu'elle offrait un aperçu de la faune abyssale dans son ensemble. On voyait des masses grouillantes par-ci, des maelstroms sédimentaires par là, ou encore de titanesques carcasses couvertes d'imperceptibles charognards. C'était comme parcourir le cimetière des océans, ou plutôt son usine de recyclage.

Naïa et Marvin ne détournèrent leurs yeux du paysage sauvage qu'au moment où la Scyphozoa parla de nouveau. Ils furent néanmoins surpris de ne pas être l'auditoire visé. Dans les mains de la préceptrice se trouvait une fois de plus l'écran souple.

— Nausicaa, je reçois une information qui demande confirmation de ta part. Fais-moi un compte rendu avant d'enclencher le moindre protocole.

Un objet inconnu suit notre trajectoire.

Sa vitesse est supérieure à la nôtre.

Analyse de sa forme en cours.

…

Résultat : Glaucus Atlanticus.

— C'est quoi le glaucus atlanticus, demanda Marvin.

— Le dragon bleu, répondit la Scyphozoa, ou l'hirondelle de mer. C'est un mollusque gastéropode qui ne peut en aucun cas se trouver ici. Cela signifie qu'on essaie de perturber notre voyage. Nausicaa, donne-moi sa taille exacte.

— Ce projet a donc été achevé… Jeunes Têtards, le dormeur s'est bel et bien réveillé, et il a trouvé un moyen de réactiver Sorayaa. Il s'agit d'une IA créée dans le seul but de porter atteinte à Nausicaa. Ce qui nous poursuit maintenant, c'est une détestable machine de guerre. Je vais vous en dire plus, mais il faut d'abord la repousser. Nous quitterons bientôt les abysses pour pénétrer dans la zone hadale, la plus profonde zone de l'océan. Là-bas se trouve le dernier Spéos d'Ino, et nulle calamité n'y est tolérée.

Tout en s'expliquant, la femme-méduse se baissa au plus près du sol de verre de l'habitacle. On pouvait imaginer qu'elle s'agenouillait, mais on ne percevait que sa robe rosée dont les nombreuses bandes d'étoffe s'écartaient pour en dévoiler autant d'autres. Et pendant que le vêtement couvrait peu à peu le sol, la main de la préceptrice rangea l'écran pour ressurgir une seconde plus tard avec une sorte de palet épais et brillant qui emplissait sa paume.

— Je vais devoir épuiser les ressources du Disque d'Ino, annonça-t-elle. Mieux vaut que ça suffise, car je ne sais quelles armes ont été attribuées à Sorayaa. Dans tous les cas, on gagnera le temps nécessaire pour se rendre au Spéos.

— Est-ce qu'on va rencontrer Ino, s'excita Naïa.

— Est-ce que vous le souhaitez, demanda la Scyphozoa en se figeant un temps.

— Bien sûr.

— Alors, oui. Qui penses-tu qu'elle soit ?

— Je l'imagine comme Ondine, la princesse des océans qu'on a inventée avec Marvin. (Les enfants s'échangèrent un sourire.) Elle doit être belle et intelligente. Et puis aussi, c'est elle qui règne sur tous les océans.

— Ce que tu imagines n'est que trop pollué par les récits des anciens temps. Marvin et toi devez vous rappeler ce que vous avez observé dans l'Atoll, à propos de l'Univers. Les vérités sont délicates à saisir. À vrai dire, on ne peut ni les résumer, ni tout à fait les comprendre. Mais des enfants comme vous devraient pouvoir en ressentir l'impossible complexité. Oubliez ce que vous avez lu ou vu, et représentez-vous Ino sans vous soucier de son apparence, de ses origines, ou de ses idéaux. La crevette perçoit mieux le requin que l'homme qui cherche à le catégoriser. D'ailleurs, la peur de l'homme en a souvent fait un monstre, exagérant ses dimensions, lui ajoutant des caractéristiques fantasques, quand il n'est pas allé jusqu'à lui inventer un esprit cruel et primitif.

— Mais pourquoi vous dîtes qu'Ino est une déesse, alors ? Ça ne veut pas dire que vous la catégorisez ?

— On peut percevoir une déesse comme un être rangé parmi les divinités. Mais le livre *Retour aux Eaux* exprime bien pourquoi on parle ici de déesse. Les humains se sentent le besoin de tout mettre dans des cases, et s'il est un être à propos duquel aucune erreur n'est tolérée, c'est Ino.

On l'appelle déesse, car contrairement aux requins dont on connaît l'alimentation, l'anatomie, l'origine évolutive ou bien le mode de pensée, on ne sait rien d'Ino. Imaginez : on fait l'erreur de catégoriser le requin alors qu'il est aussi poisson que la raie, vivant comme la bactérie, ou en partie constitué d'hydrogène, comme le soleil. L'Univers reste l'Univers, peu importe d'où on l'observe. Mais pour Ino, on ne sait que ce qu'on ignore. On la sait unique, mais on en ignore la raison. On la sait influente, mais on ignore à quel point. On la sait présente, mais ni comment, ni depuis quand. On l'appelle déesse, parce que sa nature dépasse de loin notre compréhension, ou celle de toute IA.

— C'est la déesse Ino qui a demandé à être vénérée ?

Le corps de la femme-méduse fut pris d'un léger tremblement. Naïa comprit alors sans mal qu'elle touchait là un point important. Elle ne craignait toutefois aucune remontrance, car elle avait saisi le modeste rôle d'enseignante de la Scyphozoa. Aucune question n'était idiote, et quand bien même l'enseignante était affectée par ce qu'on lui demandait, il lui fallait juste guider vers la connaissance. Elle prenait garde à formuler une réponse précise, quand la voix de Marvin coupa ses pensées.

— C'est pas elle, Sorayaa ?

Tandis que les deux autres suivirent le regard du garçon, Nausicaa répondit dans l'instant.

Paradoxe de repérage.

Le sonar indique que Sorayaa est hors de vue, mais sa présence est avérée.

…

Hypothèse : Sorayaa emploie un système de réfraction des ondes.

…

Manœuvre de fuite amorcée.

…

En attente d'instructions.

Derrière Nausicaa, lumineuse parmi les ténèbres abyssales, la silhouette de Sorayaa grossissait à vue d'œil. Sa comparaison avec le glaucus atlanticus était pertinente. De fait, la poursuivante arborait quatre membres s'apparentant à des ailes, ainsi qu'une longue queue effilée, semblable à celle d'une libellule. En revanche, Sorayaa ne se déplaçait pas comme le ferait un animal volant ; pour cause, elle avait l'apparence d'un mollusque. Les divers embranchements de ses ailes bougeaient donc de façon autonome, sans brusquerie, juste pour se diriger. S'il y avait un système permettant à la machine-glaucus d'avancer aussi vite qu'elle le faisait à présent, alors il était impossible de l'identifier.

Seuls Nausicaa et les jumeaux s'imaginèrent qu'il fallait semer la poursuivante. La Scyphozoa, elle, se concentra de nouveau sur le disque qu'elle tenait, se baissa lentement, tendit le petit objet vers la paroi de verre, puis se figea comme une statue.

Les jumeaux ne savaient quoi observer ; d'un côté approchait une merveilleuse et dangereuse ombre, quand de l'autre, un étrange rituel se préparait. La question ne se posa plus une fois le disque mis en mouvement d'une main experte ; il tourna sur sa tranche une minute durant, puis commença à se stabiliser comme le ferait n'importe quel disque. Il perdit si vite de son énergie que les enfants pensèrent qu'il s'immobiliserait d'un instant à l'autre. Mais à chaque rotation, le disque surprenait par sa ténacité. Et cela dura, encore et encore. Derrière, Sorayaa approchait, malgré l'accélération constante de Nausicaa. Déjà pouvait-on percevoir la lueur bleutée qui émanait de cette hirondelle de mer aux intentions jugées mauvaises.

— Elle est bientôt là, angoissa Marvin.

— Et on dirait qu'elle brille de plus en plus, renchérit Naïa.

— J'ai pour devoir de toujours vous informer, intervint la femme-méduse dont les yeux ne quittèrent pas le disque. Je ne le ferai pourtant pas sur ce coup-là. Ne cogitez pas, méditez. À terme, nous devons remplacer toute parole par des sensations.

Si les enfants ne comprenaient pas vraiment ce qu'on attendait d'eux, le Disque d'Ino les en informa vite. L'objet était à un rien de finir à plat, et malgré tout, même à l'horizontale, il continua de tourner. Mieux encore, il ne vacillait plus, accélérait sa rotation, semblait même flotter, et les sons qu'il émettait à chaque contact avec le verre se muèrent en une interminable note stridente.

Ce fut à ce moment précis qu'une lumière dorée enveloppa le disque, et que cette lumière fut projetée par-delà l'habitacle, avant qu'une autre ne lui succède. Et les lumières se suivirent les unes les autres pendant que le son aigu s'étirait sans fin.

Mais, ni Naïa, ni Marvin n'observaient encore l'interminable rotation de l'objet. À la place, ils suivaient le cheminement des lumières une fois entrées dans l'océan. Chacune se métamorphosait en un animal marin différent,

allant d'une minuscule lamproie à un imposant mérou.
Tandis que ces radieuses apparitions voguaient vers Sorayaa, d'autres lumières devenaient des étoiles de mer qui
s'élevèrent en direction de la surface.

Se tenir dans une IA en forme d'immense méduse de
verre était déjà un rêve éveillé pour les enfants, surtout
quand celle-ci cherchait à fuir une immense hirondelle de
mer. Et maintenant, ils percevaient au-dessus d'eux un
océan étoilé sous lequel erraient des dizaines de créatures
dorées. Mais pour garder leur sang-froid, ils se dirent que si
tout cela ressemblait au fantasme d'un illuminé, ce n'était
que parce que des savants avaient concrétisé leur propre
imaginaire.

Nausicaa commença à onduler dans ce décor faussement
céleste, faisant perdre leurs repères à ses occupants. De fait,
l'habitacle sphérique pirouettait en tout sens pour leur éviter une mauvaise chute. De l'autre côté du verre, l'océan
s'encombrait d'étoiles, certaines n'étant déjà plus que des
points lointains.

Soudain, le sifflement du disque s'intensifia à l'extrême
avant de s'éteindre dans un bruit de puissante aspiration.
Cela eut pour effet de relâcher une dernière créature dans
l'océan, un étincelant espadon qui se rua, en passant entre

les plus lents animaux de lumière, vers Sorayaa. Cette dernière se rétracta comme une limace que l'on menacerait du doigt. Puis l'espadon la percuta et se changea en un manteau d'or. Il fut suivi de près par ses semblables, et en une poignée de secondes, la moitié de Sorayaa devint une lourde sculpture métallique qui s'échoua sur le plancher océanique.

Nausicaa s'éloigna à toute allure. Les enfants regardèrent alors disparaître la masse inerte, repliée en boule, à demi or, à demi azurite. Ils avaient l'impression d'assister à la mort d'un mollusque pluricentenaire.

— Sorayaa n'est pas hors d'état de nuire, expliqua la Scyphozoa. Elle s'est repliée sur elle-même pour se libérer plus vite. Elle sait probablement que le Disque d'Ino est vidé, et que sans lui, nous n'aurons plus moyen de nous défendre.

À ces mots, les enfants prirent conscience que la totalité des créatures de lumière s'étaient échouées sur la poursuivante. Ne restaient que les étoiles qui disparaissaient peu à peu de leur vue. Ils demandèrent pourquoi elles ne les protégeaient pas à leur tour.

— Les étoiles ont besoin d'accroître leur énergie, répondit la préceptrice. De tout manière, elles doivent se rendre vers le maître de Sorayaa pour l'arrêter. En attendant, nous pouvons prendre un peu d'avance et faire advenir le Domaine d'Ino.

Naïa se focalisa sur les énigmatiques paroles de la femme-méduse, tout en fouillant son regard figé pour y détecter quelque indice. Mais ce fut comme sonder une mer profonde et opaque, dépourvue de la moindre ondulation.

Pendant ce temps, Marvin regarda disparaître Sorayaa et les étoiles. Il y plaça son entière attention, jusqu'à ce que l'obscurité des abysses règne à nouveau en maîtresse absolue. Le plancher océanique s'était dérobé, laissant place à un vaste abîme dans lequel Nausicaa s'engouffra.

37

Ne s'était écoulée qu'une heure depuis que Céline avait parlé de l'IA Sorayaa. Elle avait alors refusé d'en dévoiler la vraie nature, se contentant d'affirmer que sans elle, les Nérées resteraient à jamais des prisons hermétiques.

Cette déclaration, raccordée aux précédentes, avait échauffé le cerveau de Hailàng, jusqu'à ce que ses pensées en viennent à bouillir. Assis devant son écran, il n'était parvenu à rien de satisfaisant. Voilà la raison pour laquelle, après une heure d'intense réflexion, il se leva en faisant un bruit monstre et approcha d'une Céline qui lui adressait déjà un sourire narquois, sa sibiche encore active.

— Je suis prêt à jouer carte sur table, déclara-t-il d'une voix pressante.

— Il était temps que tu le sois, répondit l'autre avec légèreté. C'est tellement le foutoir là-dessous qu'on ne peut qu'espérer un rapide dénouement.

— Commençons par là. Neven et toi… Ou peut-être juste Neven ?

— Continue de m'appeler Céline. Vu ses souvenirs, Neven aurait adoré ce prénom.

— Bref, je ne veux rien savoir de ton attirance pour un individu qui s'est invité de force dans ton corps. Tu n'as jamais été capable d'aimer Shan comme il t'aimait, et maintenant, tu parles de Neven comme d'une âme sœur.

— Il faut croire que Shan aurait dû me forcer la main. Que Neven soit coincé en moi m'a obligé à l'aimer. (Hailàng grimaça de dégoût.) Il ne fallait pas lancer le sujet. Et puis, tu ne voulais pas discuter d'autre chose ?

— Cette façon de parler… Mais bref ! Tu cherches à poursuivre un vieux conflit, c'est ça ? Alors que j'essaye juste de récupérer les enfants, tu as l'air de vouloir tuer la dernière Scyphozoa. Pourtant, la société des Nérées s'est déjà effondrée depuis longtemps, il n'en reste rien. Neven a déjà obtenu ce qu'il voulait.

— Tu te trompes complètement. Ça me fait un peu de la peine. Même s'il n'y a plus de société, le cœur de ce qu'étaient les Nérées bat encore. Une seule Scyphozoa peut accomplir ce que toutes ont auparavant échoué à faire : former les enfants élus.

— Mais tu as toi-même dit que la nature d'Ino était incertaine. Qu'est-ce que ça peut bien te faire que les enfants la voient ? Tout cela n'a aucun sens.

— Un autre point sur lequel tu te trompes : ce qui m'importe, c'est de ramener les gamins. Je tiens à eux autant que la Scyphozoa. Et, pour les ramener, il est impératif qu'ils ne rencontrent pas Ino.

— Est-ce que, hésita Hailàng en désignant d'abord Céline, puis le plafond de verre. C'est pour ça que tu parlais de fuir les Nérées ?

— On dirait que tu comprends enfin à quel point les gamins sont importants.

— Alors la Scyphozoa veut faire d'eux des… enfants-poissons. Et toi, tu veux les adapter à la surface ?

— Hailàng, dit Céline sur un ton soudain empreint de gravité. Est-ce que tu te rends compte que jusqu'à preuve du contraire, toi, moi, Neven, les enfants et la Scyphozoa sommes tout ce qu'il reste de l'humanité ? S'il existe d'autres groupements de Nérées dans le monde, ils sont restés secrets, et rien n'indique qu'ils s'en soient mieux sortis. Naïa et Marvin peuvent être le point de départ d'une prochaine humanité. Pour la Scyphozoa, il faut qu'ils se mêlent à la poiscaille. Pour ma part, je crois qu'il est évident que la surface est notre meilleure option.

— Les jumeaux ne sont pas des pantins qu'on se dispute. Si l'un de ces horribles plans doit se concrétiser, c'est à eux de le choisir.

Céline se leva, puis se posta bien en face de son interlocuteur, laissant quelques centimètres seulement entre leur visage.

— Ils ont déjà choisi l'océan, Hailàng. Ils sont trop jeunes pour comprendre leur erreur, et ils ne savent rien du monde d'avant les Nérées. Regarde-nous, bon sang ! Pour eux, nous sommes normaux. Mais l'humidité a fragilisée nos articulations et le manque de lumière nous fait ressembler à des cadavres ambulants. Les systèmes de survie déclinent depuis longtemps, et la moisissure s'installe de partout. On ne la voit pas, mais c'est à cause d'elle qu'on a parfois l'impression que nos poumons brûlent de l'intérieur. On est sous-nourris, et toute notre literie est infecte. Ce que tu as fait de mieux jusqu'à présent, c'est nous mentir pour qu'on accepte de crever ici.

— Tu penses que toi et les enfants serez heureux à l'air libre, juste parce que c'est là-bas que vivaient les gens d'autrefois ? Tes illusions ne valent pas plus que les miennes… Tu sais quoi ? Les enfants sont peut-être mieux avec la Scyphozoa. Grâce à elle, il n'est pas impossible qu'ils trouvent une place dans l'océan, une place où il leur sera agréable de mourir un jour.

— Tu essaies de te convaincre, parce que tu sais qu'avec toi, ils n'ont pas la moindre chance.

— C'est vrai, je ne crois pas au plan de la Scyphozoa, et j'imagine que c'est elle qui a tué Shan. Mais comme tu le dis si bien, je n'ai rien de bon à offrir. Dans tous les cas, on reste perdus. Qu'est-ce que je peux y faire ? (Hailàng s'affala davantage sur ses béquilles. Ses jambes devenaient lourdes, mais il ne pouvait se résigner à s'asseoir tant que cette discussion n'était pas terminée.) J'aimerais avoir une raison de te soutenir.

— Pas besoin de te forcer. (Céline retourna à son siège sans quitter le vieil homme des yeux.) Pour être honnête, je t'admire un peu. (Hailàng afficha une moue de méfiance.) J'ai même pas la moitié de ton âge, et pourtant, avant d'absorber Neven, je n'étais déjà plus qu'une loque inutile. Après avoir vu tant de morts, et être resté si longtemps enfermé dans cette pièce, tu as encore envie de te battre pour les enfants. C'est admirable.

— Mais ? Arrête d'arrondir les angles et viens-en aux faits.

— Je ne mens pas, j'ai du respect pour toi. Mais, à présent, je peux compter sur les souvenirs de Neven. Ton savoir ne vaut plus rien, et tu arrives au seuil de la mort. Pas besoin de me soutenir, parce que ton aide serait inutile.

— Pourquoi tu ne m'ignores pas si tu n'as aucune considération pour moi ?

— Je sais pas… C'est peut-être une façon de dire adieu à l'ancienne humanité.

Ces mots eurent sur Hailàng l'effet d'un coup de poing. Son calme laissa de suite place à une colère sourde. L'homme s'était résigné à son ignorance, pour sûr. En revanche, qu'on le traite comme une stèle devant laquelle on viendrait se recueillir par ennui ou par formalité lui semblait intolérable. Cela lui rappelait aussi que celle qu'il avait devant lui n'avait plus grand-chose de l'innocente Céline. De toute manière, ce n'était pas à elle qu'il souhaitait demander des comptes. Redressant au préalable son buste à l'aide de ses béquilles, il adopta un ton plus sévère.

— Dis-moi ce que tu feras des jumeaux si tu arrives à les récupérer. Et pas de faux-semblants ; je veux tout savoir.

— Quelle autorité, se moqua Céline. En un mot : évolution.

— Donc, faire d'eux des êtres vaporeux comme Neven ?

— C'est le seul moyen de les faire survivre hors de l'océan. Donc oui.

— Tu es vraiment aussi cinglée que la Scyphozoa.

— Sauf que je ne vais pas présenter les gamins à une prétendue déesse.

— Ça ne fait pas une si grande différence.

— Au contraire. J'ai beaucoup réfléchi à cette Ino, pour que Sorayaa puisse contourner le problème s'il s'avérait réel. Ino pourrait bien être une IA buguée, un sous-programme de Nausicaa dont on a perdu le contrôle aux premières heures des Nérées, ou un phénomène naturel inexplicable. Dans tous les cas, c'est sans doute un malentendu qui en a fait une déesse, ce qui signifie que le plan de la Scyphozoa se base sur une inconnue de taille, contrairement à celui de Neven.

Soudain, Hailàng éclata d'un rire tapageur qui fit sursauter son interlocutrice. Celle-ci imagina que la folie avait fini par gagner cet esprit âgé qui lui faisait face, d'autant qu'il fallut dix interminables secondes avant que le silence ne s'installe de nouveau. Alors seulement demanda-t-elle d'où venait le problème. Hailàng prit soin d'essuyer les larmes de rire qui perlaient au coin de ses yeux et de reprendre son souffle avant de s'expliquer.

— Neven ne sait rien, annonça-t-il. Tu fouilles dans sa mémoire pour mieux comprendre la situation et pour réaliser tes fantasmes, mais au fond, Neven est aussi un ignorant.

— Pff…

— Ne te chagrine pas, Céline. Si ça se trouve, c'est la même chose pour la Scyphozoa. Toi et moi ne savons strictement rien de cet endroit, et c'est pour ça qu'on a cherché à se réfugier dans le savoir des autres. À bien y réfléchir, c'est idiot. Tout le monde se rattache à des illusions. Au moins, mes mensonges n'avaient rien de prétentieux.

— Et si c'était toi qui te berçais de nouvelles illusions ?

— Qui sait ?

— Tu veux une information avérée ? Alors réfléchis d'abord à ça : pourquoi on est coincé aux premiers étages du Nérée 2 ? Pourquoi on n'arrive qu'à lire l'ancien alphabet ? Et pourquoi on ne savait rien de Neven quand il n'était encore que le dormeur ?

— Les générations se sont enchaînées, et la vérité s'est
peu à peu perdue.

— Ça ne répond pas à la question. Évidemment que la
vérité s'est perdue. Mais c'était quoi, cette vérité ?

— Qu'est-ce que tu cherches à me dire ?

— Qu'à la base, nous n'avons rien à voir avec les Nérées.

— C'est-à-dire ?

Céline exhiba un immense sourire derrière lequel on
pouvait deviner une jubilation sans borne. Depuis la veille,
elle avait gardé cette révélation pour elle, comme on stocke
une arme trop puissante.

— Nous venons de la surface, Hailàng.

— Oui, je sais.

— Non. Ce que j'essaie de te dire, c'est qu'au moment où
les Nérées ont ouvert leurs portes, tout le monde n'y a pas
accédé pour autant. Certains ont refusé de déserter la surface, tandis que la grande majorité des gens n'étaient simplement pas admis ici. Nos ancêtres faisaient partie des pa-
rias. D'ailleurs, l'atmosphère était encore respirable quand
ces lieux ont été mis en service. Certes, l'air contenait déjà
assez de toxines pour tuer à petit feu, mais on pouvait tout
à fait vivre à la surface, et ça a été le cas pendant longtemps.

— Alors il y a des gens qui sont arrivés très tard dans les Nérées ?

— C'est le cas de le dire. Quand nos ancêtres sont entrés ici, il ne restait qu'une poignée de savants retranchés dans les profondeurs, à cause de nombreuses discordes. Et comme Nausicaa n'a aucun droit d'accès à cet étage, nos ancêtres sont passés inaperçus. Qui aurait pu prévoir que des gens arriveraient jusqu'ici en partant de la terre ferme ?

— Mais pourquoi il ne reste que nous ?

— La maladie, Hailàng. La plupart étaient déjà condamnés à cause de l'air extérieur.

— Comment Neven peut-il savoir ça ?

— Parce que c'est lui qui a préparé le terrain pour ceux de la surface. Et il savait qu'à leur arrivée, il serait là, endormi, et qu'avec un peu de chance, on veillerait sur lui. C'est même grâce à lui que le garde-manger était si fourni au départ. Ça te paraît fumeux, on dirait.

— Cette histoire est trop arrangeante pour les projets de Neven. Ça ferait un mensonge parfait.

— Le plus crédible des mensonges, c'est toujours la vérité.

D'une certaine façon, Céline présentait Neven comme le grand sauveur de l'humanité ; on pouvait même lire dans son regard que, sans ce dormeur éveillé, les Nérées n'auraient eu aucune utilité.

Pourtant, Hailàng se sentait plus que jamais en rage. Ce n'était pas une vie qu'on leur avait offert, mais une lente agonie destinée à la réalisation du plan de Neven. Il sentit le besoin d'exprimer cette rage, et dans un premier temps, le seul mot qui lui vint à l'esprit fut un simple :

— Non !

— Non, interrogea Céline. Ne te voile pas la face, tu vaux mieux que ça. Et si tu tiens à accomplir quelque chose, aide les enfants à retrouver la terre de leurs ancêtres.

— Je te crois, mais non, je ne t'aiderai pas. C'est même l'inverse. Je n'étais pas sûr de devoir t'arrêter, mais tu viens de me convaincre. Neven voulait nous manipuler ; eh bien, il doit apprendre ce qu'il en coûte.

— Ce n'est pas à lui que tu t'adresses, mais à moi. Je porte ses souvenirs, mais je ne suis pas possédée par son esprit. Grandis un peu, Hailàng.

— C'est toi qui dois grandir. Tu es si naïve que ça m'écœure. J'en ai rien à faire des ancêtres, cette vie est misérable, point barre. Qu'importe ce qu'on en fait, elle le sera toujours, ici ou à la surface. S'il reste une seule chose pour laquelle j'aurai la force de me battre, c'est pour la liberté des enfants. Ils ont choisi l'océan et c'est une erreur ? Ainsi soit-il.

— Tu veux me barrer la route, railla Céline. C'est puéril.

— Il faut bien que je te montre tout ce qu'un vieillard peut encore faire. Et ne me fais pas croire que tu n'es que Céline. Je te connais depuis un âge dont tu as tout oublié. Neven t'as bel et bien changé.

— Bon ! Si ton choix est fait, bonne chance.

Céline se tourna vers son écran ; elle le fit avec une lenteur provocatrice, vérifiant la hauteur de son siège au passage et ramassant ses cheveux derrière sa tête d'un geste ample. Puis elle pianota sur son clavier, insouciante, sans doute pour donner des instructions à Sorayaa.

Sans préavis, Hailàng plaqua une main sur le bureau de Céline. Son geste avait eu la maladresse de ceux que la colère domine ; par conséquent, il venait de risquer son poignet contre le métal froid du meuble. Aussi, quand il tenta de renverser le clavier, la main qui l'arrêta manqua de lui tordre un doigt. Mais Hailàng n'avait plus aucune considération pour son intégrité physique. En dépit de la fragilité de son corps, il s'efforçait d'imposer sa présence, de signifier qu'il comptait tout autant que les autres. S'il était l'un des derniers humains sur Terre, il n'était alors qu'un enfant face à Neven et la Scyphozoa, et nul ne pouvait ignorer les caprices d'un enfant éternellement.

La tension monta encore d'un cran lorsque Céline se leva et poussa Hailàng. Ce dernier tituba, mais ne flancha pas. Alors put-il à son tour faire vaciller la jeune femme. La violence la plus primaire était invitée en ces lieux, puisque les mots s'étaient avérés dérisoires face au chaos des pensées.

Il y eut un échange de regard qui portait le plus orageux des présages. Les yeux sombres de Céline, comme ceux de Hailàng, ne dévoilaient rien des maelstroms mentaux qui faisaient rage juste derrière.

Néanmoins, les choses s'arrêtèrent là, car un brusque spectacle empêcha les deux contradicteurs de s'entre-déchirer. À la place, ils observèrent à l'unisson le plafond de verre.

Derrière la paroi translucide, dans une eau nocturne, des dizaines d'étoiles lumineuses. Elles demeuraient en suspension, échangeant parfois de place, ou se bousculant légèrement. Chacune des branches qui les composaient bougeait en fonction des courants aujourd'hui flegmatiques de l'océan, ce qui donnait à ces étoiles des allures de mollusques célestes. Leur nombre n'était que trop considérable pour que l'on s'essaye à un décompte.

Dès que Céline se précipita sur son siège pour étudier son écran, les étoiles vinrent toutes se coller contre le plafond. L'ordinateur aurait pu les repérer depuis un bon moment, mais Céline s'avoua que même dix minutes plus tôt, cela n'aurait servi qu'à lui offrir des miettes de temps. Elle entra quelques commandes sur son clavier, puis dit à Hailàng :

— On se reverra probablement jamais. Mais je penserai à toi quand je serai là-haut avec les enfants.

L'autre ne parvint qu'à bredouiller quelques paroles incompréhensibles. Sous ses yeux hagards, Céline courut vers la porte du centre de contrôle, l'ouvrit, et disparut. Elle devait s'être attendu à cette situation, à l'inverse du vieil homme qui leva de nouveau les yeux pour enfin comprendre que ces étoiles avaient un lien avec la lumière dorée qui avait avalé son fils.

Il vit qu'un rideau de fer commençait à recouvrir le plafond. Ce système de sécurité, activé par Céline, était toutefois d'une lenteur significative, et si la fuyarde en tirerait des bénéfices, ce ne serait pas le cas de Hailàng. Celui-ci pensa à fuir à son tour, mais se précipiter dans les escaliers ne lui aurait valu qu'une chute mortelle. Aussi resta-t-il figé dans le centre de contrôle, le visage triste et le corps épuisé.

Les dizaines d'étoiles d'or se mirent à palpiter contre le verre, semblables aux membres d'un orchestre qui entamerait un assourdissant requiem. De cette funeste harmonie naquit une fois de plus cette singulière faune marine capable d'offrir la mort. Toute de lumière éclatante, elle comprenait diverses silhouettes, carrures, mâchoires et nageoires.

Hailàng avait l'impression que le soleil pénétrait la pièce, comme il l'avait souvent rêvé, mais en plus merveilleux encore. Cela ne l'empêcha pas de craindre une mort imminente, ni de comprendre que ce phénomène en apparence surnaturel était en vérité une arme créée par des fanatiques. Simplement, il s'efforça de trouver du beau dans le laid.

À l'instant où une resplendissante tortue approcha d'un air engourdi, animal ancestral parmi les eaux, il eut une dernière pensée pour Naïa et Marvin : il espéra que l'avenir dérive jusqu'au creux de leurs mains, car les adultes ne s'abîment que trop vite contre les écueils de la vie, et ne décident d'agir que trop tard…

38

Le dernier Spéos d'Ino se détacha bientôt de la sempiter-
nelle nuit hadale. Il avait l'apparence d'une gargantuesque
anémone de mer encastrée au fond d'une étroite fosse. Ses
tentacules balayaient les eaux avec douceur, tout en émettant des lueurs chatoyantes. Rose, bleu, jaune, ainsi qu'une
multitude d'autres couleurs se côtoyaient là ; et comme les
ténèbres entouraient le Spéos, celui-ci y paraissait solitaire
au sein d'un vaste néant. Si les jumeaux n'avaient pas su se
trouver dans les plus hermétiques profondeurs de l'océan,
sous les abysses, il leur semblerait approcher d'un monu-
ment flottant dans un ciel noir.

La grande vitesse de Nausicaa ne fut perceptible qu'une
fois à proximité des titanesques tentacules. L'IA frôla celles-
ci de si près qu'il fut possible d'en étudier la composition :

un verre souple parcouru de filaments minces et luminescents. Comme il n'y avait rien derrière le verre, ces tentacules ne devaient être qu'une fantaisie décorative de grande envergure.

En plein centre des bras ondoyants du temple-anémone se trouvait un large miroir circulaire. À l'approche de Nausicaa, il s'ouvrit comme la mâchoire d'une baleine affamée, mais patiente. Une fois les arrivants engloutis, elle se referma derrière eux, toujours sans brusquerie, et les ténèbres régnèrent de nouveau.

Cependant, il s'avéra que l'obscurité du Spéos abritait un minuscule point de lumière. Ce point grossissait à mesure que l'IA s'en approchait, jusqu'à dévoiler sa nature : une grande salle de recueillement. Nausicaa se posa contre son plafond transparent, et en sectionna une partie qui devint aussitôt une plate-forme d'accès. La Scyphozoa et les enfants à bon port, la plate-forme remonta, se ressouda à l'ensemble, et Nausicaa s'éloigna sans un bruit.

Le silence accompagna la lente errance des enfants dans la pièce inconnue. Leur préceptrice les laissait s'imprégner du lieu, en détailler les contours épurés. Il y avait peu à voir. Néanmoins, cette apparente sobriété cachait une subtile complexité architecturale.

Pour cause, le sol était parcouru de curieux motifs multi-colores, dans le sens où ils lui conféraient un relief fictif. Il en allait de même pour les dix bancs disposés en un grand cercle. Au cœur de la pièce se dressait un si radieux pupitre qu'il se suffisait à lui seul pour tout éclairer, sans épargner la moindre parcelle d'ombre ; imprimé à même ce pupitre, sous forme de feuilles de métal blanc, le livre *Retour aux Eaux*.

La Scyphozoa se posta derrière l'ouvrage, et d'une voix qui résonna comme un écho lointain, elle prononça ces pa-roles lyriques en les habillant d'une délicate mélodie :

« L'ondine absolue.

Absout.

Yeux hyalins / cœurs fragments

Avant l'aube

mise à quia / hors l'aqua

Souffrances _danses _ outrances

mise à l'aqua / Retour aux Eaux

Ino / Ino / Ino

terrestre / céleste / marine

surtout marine / de l'ébauche au dessein

Retour

aux eaux / à l'Ino / matrice aqueuse

Verset 1‰

Obédience à l'hydriade »

Cette prière s'était propagée comme une invitation. Les jumeaux s'attendaient alors à l'arrivée imminente de la déesse Ino ; ils scrutèrent les alentours, se mirent en quête du moindre murmure. Le temps lui-même était suspendu, attentif, respectueux.

Derrière le pupitre, la Scyphozoa gardait la tête baissée sur le livre. Rien ne la différenciait plus d'une statue, et même sa respiration semblait à l'arrêt. Les yeux fermés, la bouche close, l'ombrelle penchée en avant, elle attendait que les mots fassent effet.

Naïa aurait voulu demander si Ino avait déjà répondu à l'appel par le passé, mais elle n'osa pas. À côté d'elle, son frère se retint de tousser, conservant au fond de sa gorge une désagréable démangeaison. Et le silence s'éternisa, sans que la femme-méduse ne daigne parler ou bouger.

Les minutes se succédèrent sans que les jumeaux ne puissent les égrener. Toujours fut-il qu'à terme, une lumière perça les ténèbres depuis le haut. Cela ressemblait davantage à une luciole égarée qu'à un astre hadal. Nausicaa ne pouvait en être la source, étant sortie du sanctuaire par respect pour la divinité attendue.

La lumière azur amena les enfants à se tourner vers la Scyphozoa, mais cette dernière ne leur parut pas au courant du phénomène ; elle levait un visage perplexe tout en chancelant. Puis, d'un seul coup, elle fut prise de panique, comme en témoignèrent les tremblements de sa bouche et de ses pupilles.

— Ce n'est pas la déesse, s'écria-t-elle. Ils étaient déjà cachés dans le Spéos.

Les enfants ne perçurent d'abord qu'un vague frémissement de la lumière. Après comprirent-ils ce que la femme-méduse voulait dire. L'apparition semblait s'écailler, ou plutôt se diviser en un essaim de petites lumières qui se déployèrent ensuite comme des corps d'escargots qui sortiraient de leur coquilles. Ce qui se trouvait là, c'était une constellation grouillante de glaucus atlanticus, et plus précisément, une armée de Sorayaa.

— L'ondine absolue, se mit à réciter la Scyphozoa derrière le pupitre. Absout. Yeux hyalins / cœurs fragments…

Pendant que la prière retentissait dans la salle immergée, fragile et solitaire, les jumeaux s'interrogeaient du regard. Ils sentaient le besoin d'agir, d'une manière ou d'une autre, mais ne savaient comment. S'ajoutait à leur confusion la question de la femme-méduse, car ils ne pouvaient déterminer à quel point sa réaction était ou non rationnelle. La frayeur de Marvin répondait à celle de Naïa, et inversement.

Ébranlés par l'émotion, ils furent alors traversés par une idée, celle d'employer leur seule possession. Si le Disque d'Ino devait être rechargé, ce n'était pas le cas de l'objet que la jumelle gardait toujours sur elle. Cette dernière plongea une main dans la poche droite de son pantalon, en sortit la Guimbarde d'Ino, puis la confia à son frère. L'urgence de la situation exigeait l'intervention du plus doué d'entre eux ; et si Marvin faisait appel à son plein potentiel, pensait Naïa, Nausicaa n'arriverait que plus vite. Une première note vibra, aussitôt interrompue par une voix sépulcrale échappée de toutes parts.

— Dernière Scyphozoa ! Ou peut-être ne devrais-je pas vous réduire à votre métier… N'est-ce pas, Pélagie Muirgen ? Vous avez beau vous considérer comme une Scyphozoa, vous ne pouvez échapper à vos origines. Et vos croyances restent des croyances. Au lieu d'offrir des chimères à ces enfants, confiez-les-moi, pour le bien de l'espèce. Et ne vous efforcez pas de me répondre, je n'entendrai rien. Je suis actuellement en route, grâce à l'un des bathyscaphes de Sorayaa. En attendant mon arrivée, les machines qui vous encerclent n'agirons qu'en cas de besoin. Mais vous pouvez faire mieux que de m'attendre en leur compagnie ; vous pouvez leur remettre les enfants sur-le-champ. Cette histoire peut se régler dans le calme. Dans le cas contraire, une fois sur place, je serai forcée d'opter pour des mesures implacables. Je répète : Pélagie Muirgen, vous n'êtes ni une femme transcendée, ni une protégée d'Ino, votre soi-disant déesse. Avant mon arrivée, veillez donc à me rendre les enfants, ou je devrais employer des moyens qui ne plairont à personne.

La seule réaction de la femme-méduse fut un imperceptible spasme, car même si on la menaçait et qu'on dévoilait son identité passée, sa prière demeurait sa priorité. Droite dans son habit, les yeux posés sur le pupitre, elle continua de réciter *Retour aux Eaux* sans écorcher la moindre syllabe. Le nom de la déesse venait souvent ponctuer sa lecture, tel le refrain d'un interminable chant.

Puisque les jumeaux étaient abandonnés à leurs inquiétudes, ils s'éloignèrent de quelques pas. Loin de vouloir quitter leur préceptrice, ils désiraient surtout se rendre utile sans la gêner, pour peu que la prière soit d'une importance capitale. Naïa chuchota à l'égard de son frère :

— Elle te dit rien la voix qui vient de dehors ?

— Si, mais je me souviens pas où je l'ai entendu.

— Moi non plus. On dirait qu'elle veut tous nous punir.

— Nous punir ?

— Oui. Nous interdire de chercher Ino et nous faire retourner vers la surface.

— Je veux pas qu'on retourne dans notre chambre, pas encore. On s'ennuyait là-bas, et y a plein de choses que la femme-méduse nous a pas encore apprises.

— Alors il faut que t'appelles Nausicaa.

— Tu crois qu'elle viendra à temps ?

— Ne t'inquiète pas, Marvin. Faut juste que tu joues comme tu le fais d'habitude.

Le garçon acquiesça, tandis que les battements de son cœur gagnaient en intensité. Comme si elle sentait la panique que son frère tentait de taire en lui, Naïa agrippa un pan de sa chemise délabrée tout en approchant d'un pas. Cela n'empêcha pas les Sorayaas d'émettre leurs angoissantes lumières, ni de lentement se tordre comme des chiffons plongés dans l'eau, mais ce simple point de contact entre les deux jumeaux donna naissance à une bulle de protection imaginaire.

Marvin porta donc l'instrument à sa bouche, prit une profonde inspiration, puis d'un doigt tremblant, il fit vibrer la languette de métal. Résonna un hésitant tintement de guimbarde, partagé entre l'aigu et le grave. Quand la note arriva à son terme, elle fut répétée de meilleure manière. Et une troisième fois, Marvin la fit retentir. Il y travailla près de dix fois, jusqu'à ce que le chant de l'instrument soit régulier, tout comme le rythme de son cœur.

Alors fut entamée une sublime mélodie, claire comme une eau qui s'aplanirait. Les notes rebondissaient les unes sur les autres, s'interrompaient, invitaient parfois de courts silences entre elles, muaient en leur milieu, et toujours tendaient à la maestria.

La Scyphozoa ne put s'empêcher de jeter un coup d'œil aux jumeaux. La performance de Marvin la fit frissonner, et sa bouche chercha à imiter un sourire. Puis, sans qu'elle ne le décide vraiment, ses paroles s'accordèrent au rythme de l'instrument, s'allongeant quand une note s'allongeait, accélérant et ralentissant selon les humeurs de la musique.

Et cette musique emplit la salle durant cinq longues minutes, comme si plus rien n'avait d'importance, sinon l'invocation de Nausicaa, d'Ino, ou de toute bienveillante créature qui pouvait émaner des profondeurs hadales. Cependant, si la sublime mélodie parvenait à quelques divines oreilles, elle passait d'abord par les capteurs sonores des Sorayaa, et celle qui se tenait derrière put se rappeler à quel point elle haïssait l'instrument.

L'une des hirondelles de mer artificielles se sépara de ses semblables pour nager jusqu'à proximité des parois de verre de la salle. On l'ignora, même quand ses mâchoires s'ouvrirent et se refermèrent en deux millièmes de secondes. En revanche, l'effet produit par ce mouvement ne put passer inaperçu. De fait, une bulle de gaz était née de cette fulgurante action, chauffant l'eau bien au-delà de son point d'ébullition et se déplaçant à une vitesse folle. Cette poche de gaz s'écrasa contre les parois du sanctuaire qui se fissurèrent à l'extrême.

La Guimbarde d'Ino tomba des mains de Marvin, tandis que sa sœur resserrait sa prise sur le vêtement de son frère.

La Scyphozoa, elle, se recroquevilla près du livre et leva des yeux exorbités. Une fois le silence imposé, la voix extérieure siffla de nouveau :

— Pélagie, cessez tout de suite ces enfantillages.

— Alors vous entendez tout, demanda l'intéressée en prenant garde d'employer un ton humble.

— Vous et moi n'allons pas discuter. À cause de vos provocations, le sanctuaire va imploser d'une minute à l'autre. Je sais que vous avez une capsule cachée sous le sanctuaire. Mettez-y les enfants pour les confier à Sorayaa, avant qu'ils ne périssent ici. Acceptez au moins que l'une de nous gagne.

— Pourquoi agissez-vous avec tant d'impatience ?

— Faites ce que je vous dis ! Les jumeaux sont en train de courir à leur perte.

— Que cachez-vous ?

Il y eut une courte pause dans la discussion, suffisante pour prouver que Pélagie touchait un point important. La voix devait en être consciente, puisqu'elle se décida à parler avec plus de franchise.

— La Guimbarde ne fera pas venir Nausicaa, dit-elle de sa voix toujours modifiée. Vous savez bien que vos instructions prévalent sur l'appel des enfants, puisqu'elles le précèdent. Par contre, quelque chose est en train de remonter à vous, depuis la croûte terrestre. Ce que vous appelez Ino est une chose inconnue, peut-être un phénomène naturel inexpliqué. Alors laissez-vous mourir si vous le désirez, mais donnez-moi les enfants tout de suite.

La femme-méduse ne sembla pas convaincue. Du moins, elle ne fit rien de ces nouvelles informations, sinon retourner à sa lente lecture. Voyant cela par le biais des caméras de Sorayaa, Céline prononça des paroles de plus en plus affolées, dans lesquelles il s'agissait de mort imminente, de retour à la surface préférable, ou encore des derniers enfants de l'humanité. Mais comme rien n'y faisait, ses explications devinrent de pures suppliques. Elle ajouta qu'il lui faudrait une dizaine de minutes avant d'arriver, et que le sanctuaire pourrait imploser avant. Enfin, que même si ce n'était pas le cas, elle n'aurait pas le temps d'éloigner les jumeaux avant que le phénomène Ino ne se révèle.

Au sein de cette confrontation à l'ampleur toujours croissante, pour la première fois depuis qu'ils avaient quitté leur lieu de vie, Marvin et Naïa remirent sérieusement le projet de Pélagie en doute. Et pour la première fois de leur vie, ils redoutèrent l'appétit vorace d'un océan qui faisait crépiter les parois de verre.

39

Nausicaa cheminait dans les vagues internes de l'océan. N'ayant pas reçu d'instructions particulières, sinon celle de retourner aux Nérées pour recharger ses batteries, elle se laissait à moitié porter par le mouvement de l'eau. Cela lui permettait de s'économiser, tout en mettant à jour ses données océanographiques. Elle sortit bientôt de la zone hadale pour atteindre les abysses.

Dépourvue de la capacité de s'inquiéter, l'IA ne s'interrogea ni sur les projets de Pélagie Muirgen, ni sur les intentions de Sorayaa, ni sur la dualité Céline / Neven. En revanche, elle avait pour objectif permanent de veiller au bien-être des enfants. Les seuls êtres qui hantaient ses circuits étaient donc Naïa et Marvin, et l'absence de tout système de sécurité dans le dernier Spéos d'Ino l'obligeait donc à concentrer une bonne partie de son attention sur les profondeurs dont elle s'éloignait.

Ainsi flottait-elle, son ombrelle pointée vers la surface, ses tentacules ondulant sans hâte, mais ses capteurs focalisés sur les alentours du Spéos.

Ce fut grâce à cela qu'émergea dans son cerveau mécanique une donnée anormale. Les vagues internes de l'océan dépendaient en grande partie des différences de densité et de température de l'eau, ce qui permettait de les prévoir. À cette fin, Nausicaa habitait un corps aux capacités d'analyse extraordinaires. Le problème, c'était l'apparition soudaine d'une nouvelle couche océanique ; sous la zone abyssale, la zone hadale, et sous cette dernière, la nouvelle couche qui émergeait des profondeurs les plus extrêmes.

L'IA se mit à faire du surplace, puis réinitialisa ses paramètres. Cela fait, elle confirma pour elle-même l'apparition d'une nouvelle zone océanographique, inférieure à toutes les autres. Dans le même temps, elle nota que la profondeur à laquelle elle se trouvait augmentait de manière impressionnante. Si elle ne bougeait pas, même à cause des nouvelles vagues qui commençaient à venir par en dessous, c'était parce que la surface s'élevait.

De rapides calculs furent effectués, d'autant plus rapides que Nausicaa était dotée d'un ordinateur quantique. Tous les résultats mis bout à bout permirent la conclusion suivante : la nouvelle zone se comportait comme une bulle d'eau dont la composition inhabituelle empêchait tout mélange avec le reste des eaux ; aussi cette bulle faisait-elle gonfler l'océan en remontant rapidement. À la surface devait donc naître une gargantuesque bosse, comme si un vaste ballon s'apprêtait à ressortir de l'océan.

Nausicaa n'avait pas été créée pour émettre des hypothèses. Elle considérait le phénomène comme une réalité, voilà tout. De la même façon, elle ne pouvait imaginer le danger qu'il représenterait pour les enfants.

En revanche, ce qui était du ressort de Nausicaa, c'était d'établir un bilan complet de tous les changements que provoquait déjà la venue de cette bulle, et de tous les changements à venir. Cela affecterait la faune marine, les Nérées, mais aussi la composition même de l'océan.

L'IA reprit sa lente route, bien que son cerveau se trouvait déjà à destination et procédait à de multiples mises à jour.

En parallèle, elle décortiqua ses innombrables données jusqu'à retrouver un protocole détaillé qu'il lui fallait suivre dans cette situation précise. Ce protocole avait été intégré à ses circuits avant même l'avènement des Nérées, mais il ne lui fallut que quelques secondes pour l'adapter à l'époque actuelle et pour l'amorcer…

40

Les fissures qui parcouraient jusqu'alors les parois du sanctuaire se muèrent en pourtours d'éclats. Par conséquent, en moins d'une seconde, toute la salle fusionna avec les eaux, les bancs et le pupitre furent arrachés du sol pour être éjectés au loin, et l'air intérieur se divisa en une myriade de bulles qui ne tardèrent pas à éclater. Tout avait implosé, comme attendu, et il ne restait que les motifs du sol dont l'obscurité interdisait à présent la vue.

Les glaucus atlanticus se tenaient alentour, filmant la seule chose que l'on pouvait encore observer, la seule chose digne d'intérêt. Le pupitre se tenait là, comme en impesanteur, à éclairer une masse hérissée de bandes de tissus ; repliée sur elle-même, elle servait à protéger deux frêles corps à la pâleur fantomatique.

Il s'agissait là du cadavre de Pélagie Muirgen, surnommée la dernière Scyphozoa. Juste avant que le sanctuaire ne soit broyé par les eaux, elle s'était ruée sur les jumeaux et les avait entouré de tout son corps, relevant son manteau pour découvrir des membres squelettiques, mais puissants. S'échappait d'elle de nombreux filets de sang, car le verre avait percé sa chair de toutes parts, lui ôtant la vie sur l'instant.

Céline hurla alors le prénom des deux enfants. Elle ne doutait pas que la mort les avait aussi cueillis. Pour cause, même si le pupitre flottant éclairait deux minces corps autour duquel s'était improvisé un bouclier humain, la monstrueuse pression de l'eau ne pouvait que les avoir achevé sur le coup. À cette profondeur, une tonne s'appliquait sur chaque cm² de leur pauvre corps.

Pourtant, des bulles s'échappaient encore des jumeaux. Les pensées de Céline étaient ainsi contredites. Marvin et Naïa respiraient, et ils finirent même par bouger. Cette bizarrerie ne pouvait signifier qu'une seule chose : le phénomène qui remontait des entrailles de la Terre avait déjà altéré l'environnement.

À quelques kilomètres de là, Céline vérifia ses nombreux compteurs. Ainsi put-elle comprendre ce que les ténèbres hadales lui cachaient ; la pression était retombée à moins de 2 bars, la température, remontée à 9 °C, et l'oxygène contenue dans l'eau augmentait de façon exponentielle. Ces données ne correspondaient à rien d'existant, car ce qui se dévoilait là était un océan jusqu'ici mêlé à la croûte terrestre.

D'ailleurs, les glaucus atlanticus devaient désormais tourner à plein régime pour se mouvoir dans des eaux si aériennes. Il y avait là trop d'air, comme sous une pluie diluvienne. Cela rappela à Céline un passage de *Retour aux Eaux* :

Ino / Ino / Ino

terrestre / céleste / marine

Il ne s'agissait donc pas que de poésie. Ino, quoi qu'elle soit, habitait la croûte terrestre en transportant avec elle son royaume d'eau et d'air. Sa présence en ces lieux était-elle liée aux enfants ? La musique de Marvin l'avait-elle guidée, ou bien était-ce la prière de Pélagie ? Dans tous les cas, il ne pouvait s'agir d'une coïncidence, ce qui amenait la question la plus importante pour Céline : devait-elle encore essayer de récupérer les jumeaux ? Elle se dit aussitôt que ce projet n'aboutirait à rien, mais en abandonnant, elle se retrouverait privée d'objectif, à vivre en ressassant un échec qui aurait signé la fin de l'humanité. Et si son espèce devait s'éteindre, elle refusait en revanche que ce soit du fait de sa lâcheté.

Céline arriva rapidement auprès des enfants. Ils essayaient de se libérer du corps inerte qui les entourait, et leur visage toujours éclairés par la timide lueur du pupitre présentaient une expression d'inquiétante terreur.

Le glaucus atlanticus de Céline approcha donc pour leur porter secours, quand les eaux changèrent à nouveau. Trop clairsemé, l'océan laissait tomber au sol tous ses hôtes. Heureusement, les jumeaux ne firent pas une grande chute, et celle-ci leur permit même de s'extirper du corps lové de Pélagie dont les os se brisèrent comme une chaîne frappée par un marteau.

Pour Céline, le choc fut plus rude. Son véhicule s'écroula par-dessus les autres Sorayaas, et son crâne heurta le tableau de bord. Elle releva la tête avec peine, vit qu'elle se trouvait au sommet d'un monticule de créatures d'acier. Surtout, même si sa vue était troublée, elle observa l'environnement très humide qui emplissait le Spéos.

On se serait cru à la surface, d'autant qu'une douce lumière émanait du sol, et que les eaux se tenaient à une vingtaine de mètres au-dessus, à l'instar d'un ciel noir et liquide. Céline se jugea soit affectée par un traumatisme, soit entourée d'une sorte d'immense bulle.

De leur côté, Marvin et Naïa identifièrent rapidement la source de la lumière. Au sol étaient étendus des centaines de corps de créatures marines, et ils en reconnaissaient une majorité comme appartenant à des espèces bioluminescentes. Leur lente agonie, ou leur mort encore trop récente, n'empêchait pas les bactéries qui vivaient en eux de briller d'un éclat éthéré. On ne voyait même plus le fond océanique, et il y avait tant de couleurs qui se mêlaient là qu'on se croirait perdu parmi les ruines d'un arc-en-ciel.

— Les enfants, appela Céline en sortant de son véhicule, une main sur la plaie de son crâne. Il faut qu'on se mette à l'abri.

Aussitôt, la jeune rousse tourna son visage pâle et fatigué vers les parois lointaines du Spéos. Juste après, elle se mit à trottiner dans cette direction, exigeant des jumeaux qu'ils la suivent. Ils s'exécutèrent sans mot dire.

Des corps lumineux tombaient encore, mais la plupart étaient si mous et minuscules qu'ils ne représentaient aucun danger. Cependant, cela signifiait que l'air sortait peu à peu du sol, comme une bulle tarde à s'échapper du fond d'un aquarium. Céline n'osa pas songer à la suite, à cet instant où la bulle se détacherait pour se ruer vers la surface, car elle savait que dans un tel cas, elle et les enfants seraient abandonnés derrière.

Une fois arrivé au niveau de la paroi intérieure du temple, le petit groupe prit le temps de souffler. Des regards furent échangés. Des regards en rien identiques à ce qu'ils étaient encore moins d'une semaine auparavant. Céline et les jumeaux étaient des êtres partagés entre le présent et le passé, alors que le temps les tirait de plus en plus vite vers un avenir incertain. Même leurs voix leur semblèrent transformées.

— Ino arrive, dit Naïa.

— Je sais pas… Je crois que c'est ça, Ino.

Céline balaya les alentours du bras droit.

— Venez, continua-t-elle. On doit s'abriter dans les parois de ce temple. Il faut qu'on trouve un accès au plus vite.

— Non, objecta Naïa. Tu te trompes.

— Neven a déjà vu les plans de cet endroit. Il n'y a aucun doute. (Son regard fouillait avec ardeur les grands murs de métal.) Des ouvriers vivaient autrefois là-dedans.

— T'as pas compris, intervint Marvin. Naïa te demandait pas si Ino arrivait, elle te disait que c'était le cas.

— Quoi ? Vous continuez de croire ce que la Scyphozoa vous a raconté ? Regardez-la ! (Céline pointa un doigt accusateur en direction du cadavre de la femme-méduse.) Vous ne comprenez pas que tout ça n'est qu'un phénomène naturel ?

— Toi non plus tu ne comprends rien, s'énerva Naïa. Personne ne comprend rien, parce que tout le monde essaye de fuir. Mais avec Marvin, on veut rester pour savoir c'est quoi Ino. Pas vrai, Marvin ?

— Oui, répondit le frère. Y a peut-être aucune princesse des femmes-méduses, et aucun capitaine de sous-marin, mais on aime quand même l'océan…

— Est-ce que vous savez que Shan est mort, fulmina Céline. Il est mort à cause de votre imbécile de femme-poisson. C'est pareil pour Hailàng. Il ne reste que nous, et je n'ai pas le droit de vous laisser crever ici.

Les jumeaux essuyèrent ces funestes nouvelles en se montrant aussi forts que possible. L'adrénaline qui se déversait en eux les priva de larmes, et au lieu de ressentir une assommante tristesse, ils furent pris d'une étrange hardiesse. Alors Céline se rappela ce qui la dérangeait chez ces pâles enfants aux yeux rougis et gonflés ; ni le frère, ni la sœur ne semblaient tout à fait humains. C'était comme si les générations s'étaient succédé entre les murs de verre des Nérées jusqu'à donner naissance à une nouvelle espèce.

Les Scyphozoas avaient altéré leur corps pour vivre sous l'eau, et Neven s'était fait souvenirs gazeux pour retourner à la surface. Mais ces procédés artificiels étaient incomplets, défectueux. Les jumeaux, eux, étaient le fruit d'une nature minutieuse. À la manière des baleines, des dauphins, des orques ou des dugongs, ils avaient renoué avec l'océan. Ils n'y respiraient certes pas, parce que l'évolution n'est jamais parfaite, mais ils s'y sentaient chez eux.

Ce fait n'adoucit pas Céline. Au contraire, elle ressentit une soudaine aversion à l'égard des enfants. L'océan étant son ennemi naturel, elle ne pouvait les soutenir dans leur décision. Et n'ayant plus les moyens de forcer les jumeaux à la suivre, elle vint à la conclusion que rien ne l'obligeait à les sauver.

— Alors adieu, dit-elle avec une froideur qui l'étonna elle-même.

La jeune femme tenta de se rattraper avec un sourire gauche, puis elle s'éloigna en courant, sans se retourner. Son sang traça une ligne discontinue derrière elle.

Marvin et Naïa retournèrent à l'endroit exact où se trouvait le sanctuaire quelques instants auparavant. Main dans la main, immobiles, ils attendirent la suite des événements.

Bien qu'ils ne détournaient plus leur attention du sol, il leur fallut longtemps pour comprendre que quelque chose se produisait déjà. Les nombreuses dépouilles lumineuses s'élevaient comme autant de ballons lanternes ; les jumeaux eux-mêmes perdaient pied. Aussi, l'oxygène semblait se faire plus rare, le froid alentour s'intensifiait, et les eaux n'étaient plus visibles au-dessus de leur tête. En somme, l'air faisait lentement place au vide.

En moins de dix minutes, tout l'espace environnant était devenu un lieu de flottement pour les corps brillants, pour les Sorayaas éteintes, ainsi que pour les enfants. Cette étrange impesanteur en vint même à soulever le sol par blocs de roches, si bien que la croûte terrestre dévoila ses entrailles. Des sphères de magma s'invitèrent à la danse, ainsi que des cristaux aux couleurs variées.

Naïa et Marvin se tenaient toujours la main avec fermeté, s'entre-aidaient pour éviter tout mauvais contact avec les objets volants. En parallèle, ils gouttaient à ce spectacle cosmique, à ce morceau d'univers extrait des profondeurs les plus insoupçonnées. Ils savaient que l'océan renfermait des milliers de secrets, mais les apercevoir et les imaginer différait de beaucoup.

Plus l'oxygène se raréfiait, plus les pensées conscientes des jumeaux se muaient en une transe interrogative : que pouvait contenir la Terre en plus de bulles d'air et de vide titanesques ? Les océans étaient-ils nés de l'impact de météorites, comme on leur avait autrefois raconté, ou étaient-ils venus d'en dessous ? Et ce qu'ils voyaient maintenant approcher d'eux, alors que leur esprit s'évanouissait peu à peu, était-ce ce qu'on pouvait nommer une déesse ?

Tandis que d'infinis lueurs flottaient là, une silhouette émergeait du cœur de la Terre pour onduler vers eux. À l'unisson, les jumeaux prononcèrent le nom « Ino ».

Ladite déesse ressemblait à une colossale sirène qui s'arquait avec grâce autour d'eux. Difficile de dire s'ils percevaient des bras tendus pour les étouffer ou des nageoires qui cherchaient à les cueillir, car malgré l'étincellement du grand corps féerique, c'était le visage d'Ino qui accaparait leur attention. Cette face était celle d'un animal informe, mais aussi celle d'une mère soucieuse, d'une amie d'enfance, d'une sournoise inconnue, d'une fleur tout juste épanouie, d'un soleil levant, d'un orque à demi humain, d'un père ombrageux, mais aussi d'un insecte intrigué.

Toujours fut-il que ce visage insaisissable s'écarta juste assez pour laisser les nageoires envelopper les jumeaux, au même moment où leur yeux finissaient de se clore sur une lumière floue et effilée.

— On est de retour, murmura Naïa.

— L'océan continue de s'agencer, chuchota Marvin.

Et il ne resta aucun humain pour interpréter ce qui se déroulait là, et aucun mot pour le traduire sans passer par leurs émotions. Si les jumeaux vivaient encore, ils n'étaient plus de ceux dont le regard avait besoin de lumière.

Épilogue

L'escalier descendait jusqu'à la pièce à vivre. Céline les emprunta en soulevant derrière elle d'épais nuages de poussière. Quand elle arriva dans sa petite cuisine improvisée, au milieu des tuyaux d'oxygène et de chauffage, des systèmes de pompage, des compresseurs, des manivelles, des hygromètres, des thermomètres et des manomètres, elle fit couler un grand thé dans sa tasse noire.

Tandis que le récipient s'emplissait, elle redonna un peu de vigueur à la lampe qu'elle tenait dans la main. Par économie d'énergie, elle avait dû remettre en marche une vieille lampe à huile. La lumière ravivée et le thé servi, elle alla s'asseoir sur un large tube horizontal. Là, elle dégusta les saveurs fruitées qui tournoyaient dans sa tasse, gorgée après gorgée, sans se précipiter.

Du temps, elle n'en manquait plus depuis qu'elle habitait les murs du grand Spéos. En plusieurs mois, elle n'avait exploré qu'une poignée d'étages ; il restait tant à voir avant que sa vie ne s'achève. D'ailleurs, il restait peut-être assez d'oxygène et de nourriture pour qu'elle vieillisse ici.

Sa boisson vidée, Céline remonta les escaliers pour aller se poster devant un petit écran qu'elle était parvenue à rallumer malgré de nombreuses difficultés. Comme aucune fenêtre ne se trouvait dans l'infrastructure, cet écran était son unique lien avec l'extérieur. Mais il était défectueux, et elle n'avait même pas pu connaître le destin des jumeaux. Sorayaa et Nausicaa ne répondaient à aucun appel, et personne n'habitait plus les lointains Nérées. Même les souvenirs de Neven s'estompaient, comme s'ils étaient trop fragiles pour subsister.

Solitaire, Céline se laissa aller à une longue sieste. Puis elle se réveilla, mangea, fit des exercices physiques et des travaux mentaux pour rester en forme. Elle retourna faire une sieste, mangea, s'exerça, vieillit. Dormir, manger, rester lucide, et vieillir. Ainsi vivota-t-elle, seule. Ainsi parcourut-elle sa propre vie, dernière humaine dans un monde aphone et ténébreux. Ainsi s'abandonna-t-elle à la plus profonde lassitude, jusqu'à ce que l'écran n'éclaire un jour son visage

ridé et déclinant pour afficher une drôle de phrase, venu
d'un destinataire indéterminé :

Fais de beaux rêves, Céline.

La vieille femme se fendit d'un sourire crépusculaire, et
une larme de sommeil mouilla le fond de sa tasse.

Remerciements

À ces innombrables personnes qui ont cru en moi.

Puissiez-vous rester aussi loin que possible des abysses.